T0348948

Atusparia

GABRIELA WIENER
Atusparia

RANDOM HOUSE

Penguin
Random House
Grupo Editorial

Primera edición: octubre de 2024

© 2024, Gabriela Wiener
Casanovas & Lynch Literary Agency, S. L.
© 2024, Penguin Random House Grupo Editorial, S. A. U.
Travessera de Gràcia, 47-49. 08021 Barcelona

Printed in Spain – Impreso en España

ISBN: 978-84-397-4348-4
Depósito legal: B-12.744-2024

Compuesto en La Nueva Edimac, S. L.
Impreso en Liberdúplex, S. L.
(Sant Llorenç d'Hortons, Barcelona)

R H 4 3 4 8 4

Para mi educación

ÍNDICE

Пусть всегда будет солнце,
Пусть всегда будет небо,
Пусть всегда будет мама,
Пусть всегда буду я.

LEV OSHANIN

«No es posible democratizar la enseñanza de un país sin democratizar su economía y sin democratizar, por ende, su superestructura política».

JOSÉ CARLOS MARIÁTEGUI

«Otros cien años pasaron (no-no)
¿No puedes mirar o es qué no quieres?
¿No puedes mirar o es que no quieres?
Pueblo que sabe, no le engaña nadie.
La educación libera al pueblo.
¡Libertad! Es lo que queremos.
Qatipasaq manchakunichu-chus.
Rita Puma Justo.
Ritaqa manan mituchu».

RENATA FLORES

«No se puede huir de la forma en que se aprende a conocer el mundo».

DANIELA CATRILEO

EL COLE

Los rusos son para mí personas blancas que huelen a pescado. Cada vez que desembarcan en nuestras costas con sus descomunales redes de arrastre dan un manotazo al ecosistema de la corriente de Humboldt para hacer millones de conservas de anchovetas como parte de sus planes quinquenales. La flota soviética, torpe, siberiana, merodea por los mares del Pacífico en busca de cardúmenes de jurel, caballa y merluza.

Ya sabemos que cualquier cosa que hagan los rusos puede desequilibrar la vida en el planeta y los gringos harían otra película. En la práctica, estos marineros de manos gruesas y pelo rubio lustroso podrían no estar pescando ejemplares de mero de profundidad sino efectuando labores de espionaje para la red de inteligencia de la Armada Roja. Dicen que sus buques están equipados secretamente con alta tecnología para obtener información de las flotas mercantes de Occidente y seguir influyendo en política exterior.

Es divertido estar de parte de los rusos. Son mucho más interesantes.

A nosotros nos traen regalos todos los meses. El sindicato de pescadores soviéticos de Kersh es el principal benefactor de nuestro colegio. Vienen con sacos de libros rojos de Lenin y cuentos infantiles hermosamente ilustrados que aún no podemos leer porque apenas estamos empezando a descifrar el alfabeto cirílico. Lo que sí podemos hacer es mirar embelesados los dibujos de Cheburashka, el Mickey Mouse ruso, y cantar su canción:

Antes yo era un extraño
juguete sin nombre
al que en la tienda
nadie se acercaba
pero desde que soy Cheburashka
los perritos de la calle me dan la patita.

Somos los pioneros peruanos consumiendo ficción rusa en lucha contra el imperialismo cultural en plena Guerra Fría.

Hoy cantamos en ruso por la paz, pero hacemos trampa y llevamos la canción transcrita: *Pust ciegdá, budiet sonse, pust ciegdá budiet nieva, pust ciegdá budiet mama, pust ciegdá vudu ya.* Las letras rusas son graciosísimas, están al revés И, tienen patas д y hay una que parece un alienígena de *Space Invaders* Ж. Cantamos que *siempre haya sol, que siempre haya cielo, que siempre esté mamá, que siempre esté yo.* Con esta canción los niños soviéticos piden la paz y otras cosas imposibles, en especial algo que no debería reclamarse ni siquiera por capricho infantil: la permanencia.

Cantamos en ruso para entretener a los marinos y convencerlos de nuestra idoneidad como epígonos de la República socialista. Nosotros somos el tercer mundo, los esclavos sin pan, los parias de la Tierra, famélica legión, los que deberíamos estar arriba en lugar de abajo, según el himno oficial de los trabajadores. Somos pobres entre los pobres, pero nunca hemos visto la nieve. Apenas esta neblina de nódulo grisáceo y un sol mediocre al que los incas llamaban Dios. No nos parecemos a los niños rusos, ninguno de nosotros es ni remotamente blanco ni remotamente frío. A 18 grados, con pañuelo rojo, al pionero peruano le suda el cuello moreno.

Esta mañana vamos a celebrar una pequeña ceremonia escolar en uno de los buques mercantes de la Armada Roja de paso por el puerto del Callao, un acorazado de óxido dorado y turquesa hundido en la neblina de gaviotas maltrechas que se despluman entre ellas por un trozo de medusa. Nos sentimos diminutos, como si nos hubiéramos convertido en nuestros soldaditos de plomo erosionado y estuviéramos peleando en una guerra mundial de juguete.

A medio día ya nos suenan las tripas. A mí me gustaría rozar la mano de Néstor, el hijo de la directora; a mi edad solo me gustan los hombres chiquitos, dulces e inofensivos como él, alguien que sonríe y se mueve cortésmente porque ignora mis ilusiones. Pero pensar en el amor durante más tiempo sería demasiado pequeñoburgués para una alumna del Atusparia.

Nos están educando en el estoicismo y en la ingravidez del cuerpo por si algún día nos enrolamos en el programa espacial soviético.

Los pescadores más viejos nos enseñan a darle a un botón para hacer caer la enorme red sobre el crispado mar de Miguel Grau, nuestro mártir nacional del agua. Toneladas de anchovetas confundidas se elevan y respiran oxígeno aéreo, envenenándose en el acto.

Por ser los mejores de la clase, Néstor y yo recibimos un atado de libros infantiles rusos ilustrados. Y yo siento que nos han casado en ultramar.

Dentro de mí hay una especie de rusa peleando con otra especie de rusa. Nadie lo diría con lo peruana que me veo. Juego al ajedrez desde los seis años porque en mi colegio el ajedrez es una asignatura troncal más, tan importante como matemáticas o lenguaje. Mi nota en ajedrez aparece en mi libreta. Y siempre es buena.

Los rusos tienen obsesión por el ajedrez. La fiebre empezó después de la revolución, cuando dejó de ser un entretenimiento solo para zares y ya pudieron jugar todos contra todos. Lenin dijo el ajedrez para las masas y para las masas fue. Hay varias fotos suyas, todo pelado y de chivita, delante de un tablero. Para un verdadero revolucionario, para un verdadero comunista, el ajedrez no es ni un juego, ni un deporte, es una herramienta política. Y esa idea de formarnos en el pensamiento estratégico de cara al combate es la que se ha importado, casi intacta, a este colegio del hemisferio sur, levantado en la costa de un país andino. Enroque de rey con pequeña torre lejana.

Parte de mi encanto es saberme de memoria todas las jugadas que dieron la victoria y convirtieron en leyendas a mis ídolos, unos señores que jamás habrán oído hablar del Perú. Mucho antes de experimentar cualquier otro sentimiento, me programaron en el goce de derribar deportivamente al compañero.

Mi colegio es un lugar complejo de aprendizaje intercultural de niños que bailan huaynos andinos y quieren ser astronautas de la estación MIR. Con este proyecto innovador la izquierda quiere cumplir un sueño. Exactamente como las iglesias o la derecha con sus colegios.

Mi sueño es ser cosmonauta. Si los astronautas son enviados por los gringos en nombre de la humanidad, los cosmonautas son enviados por los rusos en nombre de la revolución. No se puede comparar.

Mi colegio es mariateguista, eso quiere decir que mis maestros han leído mucho a José Carlos Mariátegui, el pensador socialista, el marxista más importante del siglo XX en el Perú, fundador del Partido Comunista. Creen, como él, en el reencantamiento del mundo por la acción revolucionaria. Y en la interpretación, sobre todo en la interpretación. No se fían del dato puro, leen a otros como ellos para interpretar los hechos sin esnobismo. Su misión es agruparnos a todos en la lucha final como sobre un tablero de dos colores. Y si hay que elegir entre Roma y Moscú como cuna de la civilización siempre elegirán Moscú.

Yo crecí en los ochentas: para mí, salvo el poder todo es ilusión.

En mi colegio hay profesores que son más sindicalistas que maestros. Harían huelga contra sí mismos si hiciera falta. Estén donde estén, siempre son el peón negro de avanzada.

La estructura y organización de mi escuela es como la de la Internacional Socialista. En teoría, los alumnos somos un estamento con la misma voz e influencia que el estamento de los docentes o el de los padres de familia. Algo que podría definir también la democracia pero que solo existe en esta versión del comunismo.

Mi colegio experimental soviético tiene el nombre de un indio. Se llama Atusparia, como el líder campesino asesinado en 1885 por rebelarse, junto a miles de indígenas, contra los abusos del Estado peruano. Han pasado cien años y el Estado peruano sigue siendo el mismo. En esta etapa de la lucha de clases ya no hay excusas para no aplicar el marxismo a nuestra realidad social y etnográfica como se lanza un hechizo o un maleficio. Aprendemos materialismo histórico y gimnasia olímpica enfundadas en nuestras calzonetas de Nadia Comaneci; estudiamos ruso y ajedrez, física, química y literatura antes de cumplir los diez años, sin ser este un centro de adoctrinamiento ni un colegio de alto rendimiento. Los comunistas dan nuestras altas capacidades por sobreentendidas. Cabezas preparadas para digerir conocimiento sofisticado producido y envasado en el Este. Hasta los poemas que leemos hablan de táctica y estrategia.

Aunque de perfil internacionalista, el colegio rinde tributo a un luchador andino que podemos identificar con los valores del Perú profundo y de los pobres de este país. Así, su misión es en definitiva nacionalista. Y esa es la verdadera estrategia.

El colegio Atusparia fue fundado por egresados peruanos de la universidad rusa Patrice Lumumba de Moscú. Lumumba fue un líder congoleño anticolonial que luchó contra la ocupación belga y fue asesinado por la CIA. Lumumba es al comunismo universal lo que Atusparia al comunismo peruano. Más o menos.

En mi país de nacimiento, los comunistas no gobiernan pero intentan llegar al poder, algunos por la vía democrática y otros por las armas; ambos están muy lejos de lograrlo. La izquierda nunca ha gobernado aquí, excepto por el general que hizo la reforma agraria. No fue poca cosa. Pero los demás, según mis profesores, gobernaron siempre para las élites oligárquicas y no hicieron nada por cambiar esta desigualdad profunda.

Es verdad que pasear por una calle de Lima o de cualquier ciudad del Perú es como asistir a una clase maestra de marxismo para niños. Tampoco hace falta tanta teoría. En las calles limeñas abundan los pirañitas, pequeños niños drogados con Terokal, mendigos de monedas que trabajan limpiando carros o vendiendo caramelos. Se mueven en grupos como jaurías de perros abandonados, hambrientos y feroces, listos para clavarte su filudo desamparo. Así cómo no vamos a entender lo de la lucha de clases. Nos aprendemos de memoria «La inmensa humanidad», un poema turco sobre la esperanza de los pobres que van a trabajar a los ocho años, se casan a los veinte y mueren a los cuarenta. Cantamos en clase *el carrizo es muy delgado y muy fácil de quebrar / pero si juntamos varios no se pueden ya romper.* Y queda perfectamente comprendida la noción de unidad.

Por la noche, en nuestras camas infantiles, toca curso completo de maoísmo gracias a un apagón y a los ecos de las bombas lejanas de los terroristas de Sendero Luminoso. Al día siguiente, en la tele, algo del arte de la guerrilla latinoamericana vía la noticia del secuestro selectivo de un rico empresario a cargo del MRTA. A continuación, en la clase experiencial diaria de fascismo, leemos en el periódico sobre el asesinato de un líder sindical a manos de paramilitares. Nos hacemos mayores así, en medio de una guerra desquiciada, como si fuera lo normal, como si fuera normal tener un 200 por ciento de inflación, miles de pobres y miles de muertos. Y, por todo eso, lo de la revolución socialista ya no suena tan caprichoso.

Cada partida de ajedrez es una oscura aventura con mi ego. Siempre empiezo alzando el peón a C5, como Kaspárov contra Karpov en la primavera de 1985. Mi profesor de ajedrez no es ruso, es un señor peruano, pelo trinchudo, gordito, con guayabera manchada de chupe de camarones, pero tiene el bigote orondo de Stalin. No creo haberlo oído decir una sola palabra nunca, habla solo con los dedos, hace bailar las piezas entre las casillas para enseñarnos a emboscar.

Yo juego con las negras, así que soy Kaspárov, y mi opositora, Vilela, es Karpov, o sea una vieja gloria a punto de ser destronada. Uso la defensa siciliana contra ella. Nada me asegura que empezando como Kaspárov acabaré como él, pero a esto le llamaremos militancia sostenida. Y a todo lo demás, estructura erizo, ni más ni menos que el punto de vista de las negras: la comprensión de las estructuras más que la memorización de largas líneas teóricas.

Mi rival histórica, Vilela, es recia y tiene unas cejas pobladas que la hacen parecer más mala de lo que es. En las partidas siempre anda colorada, enrojecida por el esfuerzo espiritual que supone tratar de ganarme.

La mayoría de nosotros vive en esta urbanización conocida como la Resi. En algún momento funcionó como vivienda de protección social. En un inicio, nuestros padres no podían comprarse una casa, así que algún gobierno militar se las regaló en un sorteo para pobres, a ver si así conseguía crear una clase media hoy estancada tirando para abajo. Ya cualquiera puede alquilarlas, pero aún quedan muchos de los vecinos originales. El diseño de la urba, con sus enormes bloques de concreto gris y sus pequeñas ventanas, no está muy alejado del diseño de las ciudades soviéticas levantadas con mano de obra prisionera de los gulags para alojar a los que trabajaban en centrales nucleares y bases secretas. Es el concepto de una ciudad dentro de la ciudad, con casi todo lo necesario para valerse por sí misma. Ahí, entre sus largas alamedas, en el corazón de sus callejuelas, tiendas modestas y jardincitos cercados, se levanta el Atusparia. No podían haber elegido un mejor escenario para un colegio soviético peruano.

Cuando dije por primera vez en casa que quería ser cosmonauta, mi mamá y mi papá se rieron de la *boutade* de la niña estudiosa a la que apuntaron al colegio del barrio sin tener mucha idea de dónde la estaban metiendo, hasta que empezaron a oír cómo algunos de los egresados del Atusparia enviaban noticias del éxito de sus estudios científicos en ciudades rusas y su preparación de cara a futuras misiones espaciales. Entonces se dieron cuenta de que ya otros estaban haciendo su trabajo de tutores y se despreocuparon por completo.

En mi clase hay Vladimires, Alexanders, algunos Ilich, Igores, Yuris, Irinas y Katynas. Mi compañera de pupitre se llama Nadezhda, como la esposa de Lenin, una de las más célebres alfabetizadoras de la clase obrera durante la revolución. Pero su apellido es Huamaní, que en quechua significa «provincia».

Mi colegio es como una provincia de la provincia de la provincia del socialismo mundial.

Una de las tesis más interesantes de José Carlos Mariátegui es que la solución al problema indígena no es la alfabetización. Que el indio alfabetizado no es más feliz ni más libre que el indio analfabeto. Para los adultos, todos los niños somos como indios o todos los indios son como niños, por ley de vida deberían subestimarnos. En el Atusparia, sin embargo, los niños no somos indios, no somos menores de edad, somos proyectos de hombres y mujeres libres. Por eso se esfuerzan en enseñarnos que la Historia solo le da la razón a los heroicos y a los románticos.

Los egresados de la URSS volvieron un día al Perú con diplomas y esposas rusas e inventaron un colegio para que ellas pudieran trabajar enseñando el idioma y no como prostitutas caras. Crearon una asociación llamada APEGUS (Asociación Peruana de Egresados de la Unión Soviética) para administrar este delirio. El presidente de APEGUS es el egresado de la URSS por excelencia: un ingeniero, filósofo y catedrático, exalumno de la Lumumba, llamado Aníbal Lanceros, de ideas de izquierda como todos por aquí y casado con una profesora rusa.

Aunque a los asociados rusos en su momento no les pareció tan obvio ni tan gracioso, para que el colegio existiera como síntesis de lo peruano-bolchevique había que sumar al saber-cómo soviético un proyecto pedagógico nacional. Aquí celebramos el primero de mayo el Día Mundial del Proletariado. Y la revolución de Octubre. Pero el 24 de junio conmemoramos el Día del Campesino Peruano. Recibimos donaciones del Ministerio de Pesquería ruso pero comemos ceviche de cojinova nacional.

Aquí no se enseña ni inglés ni religión porque no estamos locos. Se habla ruso y se propugna el ateísmo convencido. Pero, en otro sentido, los atusparianos somos más creyentes que los mismísimos católicos. La fuerza revolucionaria, según el mariateguismo, no está en su ciencia sino en su fe, en su pasión, en algo que no tiene nada de materialista. La emoción revolucionaria es religiosa. Los motivos para creer se han desplazado del cielo a la tierra. No son divinos, son humanos, sociales. Lo más parecido a una entelequia como Dios sería la Masa. Por eso, la revolución rusa es lo más cerca que el mundo ha estado en su proyecto de amalgamar el pragmatismo a la ilusión, el pan a la utopía, la política al mito.

Los rusos ofrecen becas anuales para los mejores alumnos. Hay quince atusparianos de familias pobres y provincianas de la primera promoción estudiando ahora mismo en la URSS, dicen los profesores con orgullo. Nosotros mandamos un beso al cielo o hacia el Este y nos sentimos bendecidos. Al mismo tiempo, y en lo que concierne a la cosmovisión indígena, accedemos a una espiritualidad ancestral de pagos a la tierra y emulsiones chamánicas. En una misa roja hipotética, el cura no nos pediría nunca darnos la paz sino el conflicto.

Y no, no estamos en paz. Desde que los rusos quieren imponernos la currícula escolar soviética traducida en La Habana, la vida en el Atusparia se ha vuelto un thriller educativo al que parece que le quedan muchos capítulos. En ese pulso entre los nacionales y los internacionalistas que será nuestro devenir escolar, no cuentan con el empuje de los maestros peruanos que esperan enseñarnos a hacer la revolución cultural leyendo «El sueño del pongo» de José María Arguedas y bailando el Carnaval de Canas. La patria está forjando la unidad. Jaque.

El duelo va más allá de lo teórico, pese a que llevamos los movimientos escritos en un cuaderno. Yo quiero tener el arrojo para hacer algo como sacrificar un peón, abrir el centro y aprovechar el caballo inutilizado de Vilela. Agarrarla desprevenida por detrás. Si Karpov hubiera encontrado 12.Be3 otra hubiera sido la historia. Pero Kaspárov es de esos valientes que premia el destino. Y yo quiero ser como él en 1985: profundizar media hora en el análisis. Desafiar la lógica del contrincante. Desequilibrar la balanza. Poner en juego colosales recursos dinámicos que no sean fáciles de prever. Arrinconar a Vilela con la máxima energía, hasta verla incapaz de escapar de este *impasse* psicológico al que la he empujado. Condenar a sus caballos a una miserable existencia al borde del tablero frente a mi jinete convertido en pulpo. A ella ya solo le queda actuar rápido ante el grave riesgo de parálisis al que la he forzado. Me aproximo a sus bastiones gritando adelante.

Me contó Asunción Grass que, muchos años antes de llegar al Atusparia, escuchó en Radio Habana una noticia como se tiene un estremecimiento: Cuba estaba ofreciendo 200 becas de estudio para jóvenes latinoamericanos. Esa mañana la Universidad San Marcos, donde empezaba a estudiar Literatura, hervía con la primicia. Asunción, jovencísima activista de la federación de estudiantes, estaba a cargo de evaluar los expedientes; no era tarea fácil porque todos los sanmarquinos autores de panfletos izquierdistas y militantes de la federación parecían querer irse a Cuba a conocer de primera mano los logros de la revolución. No todos iban a atreverse, claro. Las becas de «estudio» eran en realidad pasajes para formarse en la lucha armada y volver al Perú como guerrilleros para arremeter contra la dictadura y el terrorismo de Estado. Cuba exportaba socialismo y en el Perú nos sobraban mártires. Vietnam aún humeaba. Latinoamérica hervía de guerrillas contra el imperialismo yanqui, metido hasta el tuétano en nuestros asuntos financiando golpes o complotando contra presidentes como Allende. Nicaragua daba ejemplo. Y el resto de los países soportaba tiranías criminales.

Solo uno de los poetas sanmarquinos decidió apuntarse convencido. Se llamaba Javier Heraud. A sus dieciocho años ya escribía versos proféticos como «Yo no me río de la muerte. Simplemente sucede que no tengo miedo de morir entre pájaros y árboles». Por fin, un total de ochenta hombres y cinco mujeres, incluyendo a Asunción, partieron desde Arica, Chile, donde un avión de Cubana de Aviación los esperaba para llevarlos a la isla. Siete horas después, al pisar por primera vez una patria libre, los peruanos cantaron el himno nacional con la mano al pecho. Simplemente sucede.

Un año, me diría Asunción mucho después, estuvo preparándose en Cuba, al final para nada, para que en la asamblea definitiva uno de los dirigentes de la guerrilla peruana se opusiera a su participación en la columna que iba a entrar al Perú por la selva amazónica. Un cálculo, no un mal presagio ni una corazonada, le valió como argumento para convencer a los compañeros de que Asunción no tenía la suficiente preparación político-militar para la lucha.

Me consta que hay días en que Asunción piensa qué hubiera pasado si ese machito revolucionario no hubiera frustrado su precoz periplo con el fusil. Sabe que estaría muerta, no impartiendo clases de Literatura: ¿insuficiente preparación ella, que prácticamente había nacido militante; hija de su madre, una de las pocas mujeres entre los fundadores del Partido Comunista Peruano?, preguntaba a veces a los fantasmas. Ese huevón no tenía ni idea de lo que es ser comunista.

A veces ganar no supone matar al enemigo. Eso vale para el ajedrez y para la política. Para acabar con el rival, para quien conoce los vaivenes del conflicto, basta muchas veces con sutiles «posiciones ganadoras»: por ejemplo, si elimino la dama al inicio de la partida estaré en una posición ganadora. Un aficionado podría no saber que está ganando ni a dos pasos de la victoria y eso lo empujaría a la derrota. En cambio, con la información perfecta sobre lo que está pasando en cada instante del juego, las decisiones ordenadas de manera sucesiva, los modos correctos de afrontar una decisión y los finales posibles que traen esas decisiones, puedes asegurarte un triunfo impecable.

Los novatos se equivocan por falta de anticipación. Los avanzados, como es lógico, conseguimos ventaja porque hace ya que aprendimos a leer el futuro. Aunque tarde el jaque mate, estar bien posicionado para el triunfo depende de tácticas y estrategias previas, por ejemplo la destrucción de la coordinación de los peones, la debilitación de la posición del rey o dejar al contrincante con sus peores elementos. Así, a la larga, habremos conseguido un ataque directo. Las estadísticas dicen que las blancas ganan con mayor frecuencia que las negras. Pero si en algo no creo es en las estadísticas.

Cuando Asunción me hablaba de los días posteriores a su retorno de Cuba, aún algo se apagaba en su voz. Volví sin haber vuelto, decía. Trabajó en lo que pudo y pocos años después regresó a la universidad para terminar Literatura y llevar algunos cursos de Pedagogía. Siempre había creído que la educación es lo que hace cambiar a los pueblos. Ese año ganó los Juegos Florales de narrativa de San Marcos con un cuento de aires neoindigenistas escrito desde la voz de una alpaca que llamaba a la revolución de su especie.

Estudiaba y militaba en la izquierda por el día y trabajaba en la fábrica por la noche, alargando su estatus de estudiante por años. Como estaba convencida de que la revolución solo se podía hacer al lado del proletariado, antes de cumplir los treinta decidió alejarse de la biblioteca atestada de teoría política de la casa familiar e irse a vivir a un Pueblo Joven para estar más cerca del Perú real. Mirara para donde mirara, la desclasada Asunción solo veía hambre y desierto.

Un día la echaron a la calle como parte del cierre masivo de fábricas que vino con la desnacionalización de la industria. Fue el día en que Grass dio su famoso discurso en el Patio de Letras de San Marcos. Cuando me lo contaba, casi podía verla parada delante de todos, con su porte de chola clara y ese aire de lideresa natural. Estaba recién despedida, con los pelos revueltos y los ojos brillando de conmoción y rabia. En la mano le temblaba su cuaderno de discursos.

—En estos momentos, compañeros, hay un 70 por ciento de pobres y millones de personas desempleadas, entre las que me incluyo, en nuestro país. La deuda agraria está asfixiando a las comunidades campesinas. Más de tres millones de niños desnutridos es el saldo, señores, de una serie de gobiernos oligarcas, hambreadores y asesinos del pueblo, que entregan a manos llenas la economía a los banqueros y al FMI. Este nuevo gobierno ha empezado con una traición: prometió socialismo y se desenmascaró reaccionario. No podemos seguir así, compañeros. Los niños en los colegios peruanos desayunan Nicovita. ¿Que eso qué es, compañeros? Es alimento para aves, lo que comen las gallinas y los patos, eso comen nuestros niños y niñas. Delante de nuestros ojos los dueños del Perú están sentando las bases para un futuro neoliberal, donde el que no tiene plata muere y el que protesta es perseguido. ¿Dónde está la izquierda? ¿Saben dónde? Partiéndose en mil pedazos por sus egos de mierda. Cogería el fusil con ustedes, compañeros, pero es que no pueden ser más machos sectarios ustedes también.

Desde entonces, Asunción tuvo que cuidarse más, sobre todo en la universidad o si iba sola por la calle. Los ánimos estaban caldeados. La tenían en la mira tanto la policía que merodeaba por San Marcos como los dirigentes de Sendero Luminoso, a los que ya les había quedado claro que ella no era una de sus simpatizantes. En el fondo Asunción se sabía más radical que ellos, por eso no miraba atrás.

Por suerte consiguió un trabajo como ayudante de cocina en un puesto del mercado mientras, a través de algunos conocidos de su aventura cubana, empezó a colaborar escribiendo cables para la agencia de noticias soviética Novosti. La literata (a veces la llamaban así) escribía folios en la cocina y cuando llegaba la hora partía a la universidad con un táper a escuchar en la última fila al crítico Antonio Cornejo Polar y al poeta Washington Delgado hablar de literatura indigenista.

Así, procurando que la tortilla se vuelva, como cantaba a veces, culminó sus estudios imaginando el día en que los pobres coman pan y los ricos mierda mierda.

Para ese entonces, y gracias a las conexiones con Novosti, ya se había enterado de que unos rusófilos habían creado un colegio y buscaban un profesor de literatura. Acudió a la prueba y un par de semanas después le avisaron que había ganado la plaza. Grass renunció al puesto del mercado y se convenció de que había llegado el momento de entender la revolución como el proceso de cambiar conciencias desde la cuna y el pupitre.

Su primer día de clases la recibió Letty Muñiz, madre de ese niño precioso y aplicado que no quería nada conmigo. Con su camisa de gasa y cuello bordado, mi futura suegra, que más parecía una señora que ve telenovelas que la directora de un colegio comunista, le dijo, por sorpresa: Empiezas hoy. Grass improvisó. Decidió que, como no era profesora y nunca lo había sido, actuaría como una. Se sintió una actriz interpretando su papel en el gran teatro de un salón de clase. Habló como si estuviera leyendo poemas en un oscuro recital del centro de Lima. O dando un discurso rodeada de hombres de izquierda. Se sintió invencible.

Allí estábamos, mirándola desde nuestros pupitres y queriendo sacarle algo a esa mujer casi masculina, de contextura recia, en las antípodas de nuestras quebradizas profesoras rusas. ¿No es la que hace chifa y chanfainita en el mercado?, murmuraron algunos alumnos mirándola de arriba abajo. Pero mi profesora no se amilanó, y así nos dio nuestra primera lección de conciencia de clase.

Sé que me preparo para invadir a Vilela, irremediablemente, como avanza una mancha negra de petróleo en el mar. Como se emprende la captura del barco del enemigo una vez derrotado, para una vez atrapado exhibirlo para siempre en una plaza pública o convertirlo en museo cínico, como hicieron los chilenos con el Huáscar después de ganarnos la guerra. Mi iniciativa me coloca en una posición sumamente táctica. En ese punto soy la reina del acoso. No solo la acoso, voy a violar a su virginal dama y a comerme a sus hijos. Voy a convertirme en Rasputín. Mis progresos son frenéticos, la desarman, su falta de coordinación es patente, la ubicación de sus defensas, deprimente. Emprendo el ataque al rey blanco. Está sentenciado.

Grass no es prosoviética, mucho menos ortodoxa. Ninguno de mis profesores peruanos lo es. Nos da a leer *Gargantúa y Pantagruel*. Nos lleva hasta las islas de Lurín para contarnos *in situ* una de las leyendas de Huarochiri recopiladas por Arguedas, el mito de la bella Cavillaca y su hijo convertidos en piedra por escapar del amor de un vagabundo que en realidad es el dios Wiracocha poniéndolos a prueba. Nuestra biblioteca escolar está hasta arriba de literatura de la URSS, pero ella practica la libertad de cátedra. Grass se frustra cuando no consigue que los rusófilos de Apegus la autoricen a llevar a sus alumnos a ver un auto sacramental de Calderón de la Barca en la catedral de Lima. Nos hace leer y analizar a escritores peruanos neoindigenistas como Arguedas, Ciro Alegría o Scorza. Es una especialista en Scorza y sus novelas, difíciles, recargadas, demasiado complejas para nuestra edad, parecen escritas en otra lengua, pero Grass no ceja en su empeño de lograr que las internalicemos. Sus clases no son solo de literatura, también son de resistencia.

—¿Cuáles son los cinco libros de la pentalogía de Scorza? A ver, ¿quién se los sabe? —voltea a mirarme.

—*Redoble por Rancas, Historia de Garabombo el invisible, El jinete insomne, Cantar de Agapito Robles* y *La tumba del relámpago* —contesto sin dudar.

—Muy bien. ¿Y por qué le llama Scorza «La guerra silenciosa» a este ciclo narrativo?

—Porque la guerra de los indios es la guerra que no le importa a nadie. Y, sin embargo, es la más duradera.

—Correcto. ¿Y por qué Scorza decide escribirlo?

—Porque él presencia las revueltas campesinas de los Andes

centrales contra las compañías petroleras que vienen a saquear los recursos y a expulsar a los comuneros de sus tierras.

—Exacto. ¿Quiénes llevan quinientos años resistiendo las conquistas, las invasiones y el expolio de sus territorios? Por supuesto, los indígenas de este país. ¿Cómo se llama el villano de *Redoble por Rancas* y qué representa?

—El juez Montenegro. Los indios le tenían tanto miedo que si perdía una moneda en la plaza del pueblo un año después la encontraba en el mismo sitio porque nadie se atrevía a tocarla. También era capaz de adelantar las fiestas en el calendario solo porque su esposa se aburría.

—Eso es. Con un lenguaje lírico, barroco y arraigado en el mito y la cosmovisión andina, Scorza nos enseña a nombrar las injusticias de los dueños del tiempo, de la vida y de la muerte: los gamonales, los patronos que abren las puertas a las empresas extractivistas. Saquen sus cuadernos, vamos a escribir.

Yo siempre he dicho que quiero ser cosmonauta, pero Grass cree que podría ser literata y me pone buenas notas para darme estímulo y hacer de mí una gran lectora. Soy la típica chancona, estudio sus lecciones en casa, leo todo lo que me da y hago mis tareas sin falta. El ajedrez me permite tener el cerebro ejercitado y aprendo cosas de memoria con facilidad. También los poemas que me da Asunción.

Soy una de las que, llegado el momento, se irá a estudiar a la URSS, candidata de fuerza para la continuidad del sistema que hace contrapeso en el planeta. Iré a formarme, regresaré y cambiaré el Perú.

La profesora me motiva a hablar en público y a perder el miedo escénico, piensa que tengo tablas suficientes para encargarme las misiones más difíciles que otros niños jamás podrían ejecutar, como decir un poema delante de todo el colegio. Percibe mi admiración porque solo quiero estar a su lado como una hija espiritual y que me enseñe a ser valiente.

Antes de Asunción Grass yo era una cheburashka, un extraño juguete sin nombre, pero ya no.

Por eso acepto aprenderme un poema de su amado Scorza para el lunes. No me gustan tanto los poemas de Scorza, pero encuentro uno. No trata sobre mineros ni campesinos como podría esperarse. Es un poema de amor, pienso que lo es porque aún no he conocido el desamor. En el Atusparia no sabemos quién es Neruda, ni Cernuda, ni Petrarca. Ni Amado Nervo. El poema es de Scorza y habla del fin del amor. Pero no pienso en Néstor, ni en ningún niño que me haya hecho soñar o llorar. Me duele ese poema, no sé por qué, es como una mano que entra en mí y me aprieta partes de dentro que no sabía que tenía. Una voz del futuro trayendo noticias muy tristes.

> *Íbamos a vivir toda la vida juntos.*
> *Íbamos a morir toda la muerte juntos.*
> *Adiós.*
> *No sé si sabes lo que quiere decir adiós.*
> *Adiós quiere decir ya no mirarse nunca,*
> *vivir entre otras gentes,*
> *reírse de otras cosas,*
> *morirse de otras penas.*
> *Adiós es separarse, ¿entiendes?, separarse,*
> *olvidando, como traje inútil, la juventud.*
> *¡Íbamos a hacer tantas cosas juntos!*
> *Ahora tenemos otras citas.*
> *Estrellas diferentes nos alumbran en noches diferentes.*
> *La lluvia que te moja me deja seco a mí.*
> *Está bien: adiós.*
> *Contra el viento el poeta nada puede.*
> *A la hora en que parten los adioses,*
> *el poeta solo puede pedirle a las golondrinas*
> *que vuelen sin cesar sobre tu sueño.*

Después de sentirlo intensamente, de acompañar la lectura con movimientos de manos y gestos de un dolor profético en la cara, termino. Oigo risas, aplausos, algo se desinfla en el aire y vuelvo a mi lugar en la fila, conflictuada, sombría, me siento sucia, como alguien que se ha confesado culpable. De pronto veo venir a Grass incómoda. ¿La he decepcionado?

—¿No te pedí que te aprendieras uno de Scorza?

Quiero decirle que lo es, que es un poema de Scorza, pero ya no está, se ha esfumado. Grass tiene que saber que ese poema es de Scorza, no puede no saberlo, pero quizá sucede simplemente que Grass no cree en el amor.

Uno de los hitos en la historia de nuestro rojo y dividido corazón son las Olimpiadas de Seúl. Se juega la final de voley entre mis dos matrias, la URSS y el Perú. Nuestra selección viene de una racha única, le ha ganado 3-0 a Brasil y 3-2 a China, la actual campeona olímpica. Mi suegra platónica ha suspendido las clases y ordenado colocar un televisor del tamaño de un T-34 en un par de aulas para que todo el colegio vea el partido.

Hoy nadie estudia en el Atusparia. Podríamos ganar una medalla de oro. Somos comunistas, pero antes que nada somos patriotas. Están todas esas jugadoras peruanas míticas, la mitad de ellas son negras, cholas pobres y bajitas que han crecido sin nada en algún pedazo del arenal, en sus casas de paja y de cartón. Allí aprendieron a jugar con una red andrajosa y una pelota reventada. Saben como nadie levantar una pelota justo antes de que toque el suelo porque ellas son como esas pelotas, siempre a punto de caer y estrellarse contra la realidad. La otra mitad son pitucas limeñas de un metro ochenta que siempre lo han tenido todo. Pero juntas arman colectivamente la ofensiva del Perú de todas las sangres, que decía Arguedas, contra ese muro blanquísimo de mujeres de más de un metro noventa que son las soviéticas, tan parecidas a nuestras severas profesoras de paruski cuando nos reprochan nuestra mala pronunciación. Hoy las odiamos más que nunca.

Las peruanas tienen toda la simpatía del público porque el mundo es capitalista y odia a los rojos. Nos odian también a nosotros los pobres, pero, solo por esta vez, por aspiracionales, estamos alineados con el mundo. Las rusas son las malas de todas las películas que dan en la tele. A las peruanas no nos conoce nadie, por eso es fácil amarnos como somos. Al neoliberalismo le gustamos porque venimos de abajo y nos pueden usar como modelo emergente a seguir. Nunca llegaremos, así que le servimos como ejemplo perenne. El mundo opina que merecemos ganar la final porque sería una demostración de emprendimiento para que el resto se convenza de que cualquiera puede ser millonario. Aunque duela entenderlo, somos el instrumento del imperialismo para ver perder a la URSS. Odiamos ser una película yanqui con final feliz, pero odiamos más la derrota.

En esta jornada excepcional nuestro deber es acabar con la otra hegemonía, la que nos abraza y nos beca, la que nos enseña y nos castiga, la que nos ideologiza y nos transforma. Y hacerlo así, en condiciones de máxima precariedad. Hay que colocar las antenas de la tele en posición de lago de los cisnes para evitar que la imagen se distorsione. Los ochentas son la lucha por ver algo con la peor definición posible.

El partido es una agonía. Ganamos los dos primeros sets. ¡Arriba los pobres del mundo, de pie los esclavos sin pan! Empezamos a sentir lástima de las rusas porque su entrenador tiene cara de perro rabioso, les grita, las humilla como un padre violento, alcohólico, y parece estar al borde de darles una paliza en directo y delante del mundo libre entero. Víctimas de la disciplina siberiana de lunes a viernes en las clases de ruso, nosotras nos sentimos más empáticas que vendidas.

Cuando las rusas vuelven del descanso lo hacen para voltear el partido y ponerse 2-2. Ya no me dan nada de pena esas putas comunistas. El set se pone 12-6. Estamos a tres puntos de ganar la medalla de oro. Nos suda el cuello como si nos hubieran hecho doble nudo y torniquete con el pañuelo rojo de los jodidos pioneritos; algunas lloramos de impotencia balbuceando cómo han podido robarnos así, lo teníamos casi ganado, en qué momento lo voltearon… Pero las soviéticas tienen la autoestima de haber vuelto de ochenta gulags en la nieve y su entrenador las ha amenazado de muerte a ellas y a toda su familia por las próximas diez generaciones. A las nuestras les está pasando lo que nos pasa a todos los que estamos acostumbrados a perder: que no sabemos ganar. 15-13. Ganan las rusas.

Música del comunismo sonando.

Hoy, en una nueva clase de literatura con Asunción Grass, la profesora propone a sus estudiantes escribir un relato hablado en primera persona por un animal. Quiere empujarnos a la experimentación mediante la escritura de bestiarios y fábulas, enseñarnos a humanizar al animal y a denunciar la bestialidad del ser humano. Los mejores cuentos, nos promete, serán colgados en el periódico mural de la escuela.

Primero nos pasa unas copias mimeografiadas de algunos pasajes de *Rebelión en la granja*. No evadimos su crítica política a los autoritarismos. Y luego, como ejemplo, nos lee el cuento con el que ganó hace unos años los Juegos Florales de San Marcos: una alpaca marxista que habla como José Carlos Mariátegui. Nos reímos atacados. Es una idea absurda pero tiene gracia, la alpaca revolucionaria reniega de su explotación en el mercado internacional de la lana. Al final es un cuento triste pero reivindicativo. La voz de la alpaca es la voz de los oprimidos.

Dudo mucho, no sé qué animal elegir, finalmente opto por lo que tengo más a mano, mi perro, al que llamé Gorbachov por sus cachetes y porque alguna vez fue nuevo en mi vida. Finalmente decido que mi perro hablará con mi voz, trataré de ponerme en su piel, pero en lugar de quejarme quiero que sea chistoso, trataré de contar qué piensa, por ejemplo, antes de robarse un filete del plato de sus amos.

Tantas veces oí a Asunción decir que preferiría estar sepultada en una fosa común rebosante de guerrilleros que seguir debatiendo con esta sarta de inconsecuentes sobre el rumbo educativo que debe tomar el colegio Atusparia. Y aunque en cada aniversario del viaje a Cuba ese viejo camarada le recordara que le salvó la vida, ella estaba segura de que en realidad se la reventó. Mil veces la jungla junto al poeta, mil veces caer en *un río de aguas luminosas y apagadas.* Hasta parafraseando versos de memoria del poeta muerto se quejaba nostálgica de lo que nunca pasó. Mil veces mejor morir peleando *entre pájaros y árboles* con 19 balas dum dum estallando dentro de su cuerpo como dentro de Javier Heraud.

Esas teorías, supongo, se le agolpan el día que inaugura el Primer Congreso Pedagógico Atuspariano, primera piedra del primer gran cisma que acabará en la primera gran muerte, aunque no la última, del colegio tal como lo conocíamos. El caos se desata porque Aníbal Lanceros, presidente de la Asociación Peruano-Rusa, señala el sesgo nacionalista de los profesores y denuncia boicot del proyecto soviético para suplantarlo por otro proyecto muy distinto, local e indigenista. La Selección Nacional de Profesores, presidida por Grass, niega esa versión, señala otros problemas de fondo, como la adaptación de los contenidos rusos a la realidad de los niños peruanos, y propone un congreso para analizarlos.

Por si no lo dije antes, el Atusparia funciona como un Estado socialista a muy pequeña escala en un territorio en el que Dios perdió el poncho. O en el mejor de los casos funciona como un partido, como la Izquierda Unida, uno que intenta unificar lo no unificable. Y, como en toda izquierda, hay alguna que no lo es. Aquí se vive en permanente interpelación. Y las purgas son lo de menos.

En su discurso inaugural, la profesora Grass parece arder en el fuego de su propia historia de sublevaciones truncas y querer vengar con cada uno de sus argumentos combativos aquella derrota de su juventud, cuando renunció a ser mito para volverse maestra. Esta vez no piensa abandonar el campo de batalla. Muchas de las niñas con caras de indias, de cholas, de peruanas, la miramos pensando que de mayores nos gustaría ser solo un poco como ella.

—Señor Lanceros y compañía, si partimos del criterio de Makárenko, de que un mentiroso no puede formar un niño veraz, ni un ocioso a un trabajador, entendemos que para formar al hombre del mañana necesitamos tener profesores que avancen hacia ese día. Pero ¿quién de nosotros es un hombre del mañana? Khalil Gibran dice que trates de ser como tus hijos pero no pretendas hacerlos como tú, porque ellos viven en la casa del mañana que tú no puedes visitar ni siquiera en sueños. Y es verdad.

Aunque citando a un autor cuyas frases suelen acompañar calendarios que cuelgan en las puertas de los baños de las familias de izquierda, Grass interpela a los tres estamentos con la convicción de que logrará llevarlos a su terreno. Si el colegio fuera un dogma bíblico sería la santísima trinidad reunida en este congreso, la creencia de que la escuela es un ser único distribuido en tres sustancias distintas: los maestros son el padre, los alumnos son el hijo, y los rusos, el espíritu santo. O sea, una realidad suprema, la fuerza o cualidad divina o, directamente, otro Dios.

—Pese a ganar unos salarios bajos como todos los maestros del Perú, luchamos por darles la mejor educación humanística.

Asunción nos señala con una mirada firme y pregunta, sin esperar una respuesta, si sabemos quiénes serán los hombres y mujeres del mañana.

—¿El que sabe más matemáticas, el más aseado, el que más lee, el mejor amigo? Los criterios pueden variar pero la enseñanza debe ser una sola, una que esté enraizada en la realidad concreta y encamine a los alumnos a la conquista del futuro.

Ahora se dirige a los padres de familia, la cuarta espada de la doctrina atuspariana.

—Podremos ser líderes políticos o representantes sindicales que luchan por los derechos del otro, pero no debemos olvidar que entre los compromisos asumidos está también el de ser madres y padres. La escuela no puede ser un depósito de hijos.

—Y en cuanto a ustedes —y vuelve a poner una dolorosa atención sobre nosotros—, esperamos que sean verdaderos atusparianos: más solidarios, menos superficiales y más conscientes.

Acto seguido, como impacientándose ante su propia soflama, la profesora Asunción Grass va al grano.

—Sí, los maestros no imparten al pie de la letra las asignaturas del programa ruso, pero no por simple disidencia (aunque no haya disidencia simple), sino porque el programa no se adapta a nuestra realidad práctica. A los niños rusos se les enseña a sumar en una semana y a restar en otra, pero los niños peruanos necesitan más tiempo. Y no podemos no enseñarles Historia del Perú: somos peruanos, de la costa, la sierra y la selva. Venimos de una historia colonial empeñada en negar los conocimientos originarios de estas tierras, descendemos de hablantes del quechua o el aymara obligados a hablar la lengua del Imperio, a creer en su Dios. ¿Vamos a hacer lo mismo en nombre del comunismo? Somos unos privilegiados, habitantes de Lima, de la costa, muchos aquí de clase media, y como tales debemos dar ejemplo. No pasa lo mismo en las alturas andinas, en los bosques amazónicos. Miles de niños no están escolarizados en el Perú, los que sí lo están deben caminar a veces hasta tres horas hasta sus humildes escuelitas rurales, que se caen a pedazos. ¿Y seguimos celebrando que remonten la adversidad sin ayuda de nadie como algo heroico en lugar de cambiar las condiciones estructurales que los empobrecen y excluyen? ¿Vamos a hacer exposiciones con fotos de sus ojotas destrozadas? ¿Dónde está el Estado ahí? ¿Qué haríamos si tuviéramos que enseñar a los niños peruanos del campo? ¿También les vamos a enseñar a sumar en una semana? El Atusparia refleja la realidad de nuestro país: dura, contradictoria y difícil. Precisa rápidamente una transformación. En eso estamos, abriendo camino, dejando huella. Nuestra experiencia es limitada, pero ojalá pudiera servir alguna vez como ejemplo para hacer evolucionar la educación en el Perú.

A los pocos días de clausurado el congreso, se huele en el aire la victoria de Grass. Maya Petrova, una profesora rusa hasta ahora encargada de asuntos académicos, presenta su carta de renuncia. Apegus teme que la inestabilidad empuje al sindicato de pescadores soviéticos a retirarnos las ayudas. Petrova se aleja para fundar otro colegio en el barrio vecino y nos roba algunos profesores, casi todos rusos, de ciencias exactas y aplicadas, de las que nos quedamos un poco cojos. Para dejar clara su apuesta rusófila al otro Atusparia lo han llamado Máximo Gorki, destacado exponente de la literatura del realismo socialista y también político que, después de andar el mismo camino al lado de Lenin, renegó de él, criticó sus entes censuradores y su conspiracionismo. Gorki llamó a Lenin tirano y lo comparó con el zar: «un maldito de sangre fría que no honra ni el honor ni la vida del proletariado». No sé si será verdad, pero supongo que me quedé con las leninistas.

A decir verdad, no llevábamos demasiados años de colegio soviético cuando empezaron a moverse las cosas en el Kremlin. Llegó Gorbachov con sus ideas locas, pero como había un delay importante no nos enteramos del todo hasta que los pescadores rusos dejaron de traernos regalos. Una vez que los rojos aparcaron un rato su rivalidad con los gringos y se ofrecieron a ayudarlos a salvar el mundo, los gringos les clavaron el puñal por la espalda y les iban ganando la partida por pura falta de escrúpulos. Convertir esa mole estatal colectivista en una economía de mercado para justificar la nueva vida burguesa de sus líderes en la Plaza Roja y abrir un McDonald's no iba de una simple reforma, a los bolcheviques les iba a costar la vida. Así que por el momento nosotros seguimos indiferentes al cambio, en nuestro propio experimento local, con el espíritu de la vieja guardia, y hasta nos dio tiempo de encariñarnos con la palabra «perestroika»; tan vacía como cualquier otra palabra rusa cuyo significado olvidaron contarnos. Lenin había introducido la lucha de los pueblos colonizados en el movimiento obrero y nos sentíamos parte de la corte de ese fantasma que recorre el mundo, pero nosotros vivíamos en el Perú, apenas un pueblo al sur de Estados Unidos, patio trasero del capitalismo, gastando el dinero que no teníamos; éramos feudales aunque de lunes a viernes performáramos comunismo. Así que se podría decir que hasta les llevábamos ventaja en lo de la perestroika.

Tarde o temprano el celibato de la primaria cede y da paso a ese calor inmundo en el cuerpo que solo las niñas confundimos con el amor y las ganas de suicidarnos. El ambiente se enrarece de juegos infantiles cada vez más adultos y besos tan deseados como forzosos. Una evolución lenta, silenciosa, el tránsito del estallido al desborde que culmina cuando un niño nos acompaña hasta el portal de nuestra casa y quiere meternos la mano dentro del calzón, algo que tarda pero llega. Esa es nuestra verdadera perestroika.

A todas nos gusta Néstor, y si él quisiera, estoy segura, todas seríamos sus novias a la vez porque para nosotros no existe aún el sentimiento de propiedad. Nuestros maestros comunistas nos han enseñado que llegado el momento el sexo debe ser como compartir un pedazo de pan. Pero salir de la niñez para las hormonas es como salir de un campo de concentración bajo cero.

Pamela llegó también por esa época, como cae un copo de nieve imaginaria. Yo estaba sentada en las bancas pelando una naranja. Debía verme como un bodegón de la clase de pintura, bajo un leve rayo de luz solar, sosteniendo una fruta de ese color contra las paredes azules del patio. Las combinaciones de los colores primarios eran mi especialidad obsesiva en esa época, naranja y azul, morado y amarillo. En el fondo, yo miraba el mundo detrás de gamas sencillas. Entonces llegó la nueva, quizá como un indicio de que la perestroika estaba entre nosotros y los colores se derramaron. Me fijé en sus ojos enormes, los cabellos sedosos, sus dientes alineados. En su frente demasiado despejada podían posarse los pensamientos o los pájaros. Como no hablaba con nadie, pensé en hablarle yo. La saludé y luego no tuvimos mucho que decirnos. Pero no pasaron demasiados días para retomar lo que pensamos que podía ser una alianza estratégica entre nuestras respectivas vanidades. Tampoco nos necesitábamos. Ninguna buscaba afirmarse a través de la otra, y eso era un alivio. No nos queríamos, no era eso, solo esperábamos ser queridas. No sé cuál de las dos estaba más obsesionada con llegar al corazón de la otra, aunque fuera una empresa inútil. Ella era un año menor, estudiaba poco pero se colaba en otras clases para escuchar materias que no le tocaban, en realidad para sentarse sobre las piernas de los chicos mayores, subyugados por su atrevimiento. Yo hubiera temido que los chicos me tocaran, pero más que no intentaran tocarme. En cambio, ella era la mascotita de las Olimpiadas rusas, el osito Misha, la niña de sus ojos. A Pamela le gustaba sentirse la más guapa y alocada de un colegio en el que no había nada más descolocante que la belleza y la locura dándose a la vez. Ella no era un producto cien por cien atuspariano, de esos en los que en el fondo de todo hierve la lucha de clases o la lucha de cualquier cosa. Yo sí. A mí me faltaba todo eso que a ella le sobraba.

Ahora que los peruanos mandan en el colegio estudiamos menos horas de ruso y bailamos más. Los festivales folclóricos son nuestra alma mater, nuestro pago a la Pachamama, el grano de arena que ponemos por la recuperación del arte indígena y popular. Una estrategia del Atusparia expropiado a los rusos para hacer que niños urbanos se entreguen a tradiciones que echan raíces en tiempos prehispánicos, expresiones de nuestra identidad más profunda.

Nos preparamos durante todo el año, ensayando después de clases los pasos del carnaval. Las danzas peruanas celebran el ciclo agrícola en los Andes, de sur a norte, con una mezcla de ceremonia ancestral, rito de iniciación amorosa y apareamiento animal; se homenajea la vida, la fiesta, el amor y la fertilidad. El profesor de folclore nos enseña coreografías originales del modo más profesional posible, el colegio alquila trajes típicos de puro glamour serrano y nos preparamos para presentarnos, un fin de semana al año, sobre un escenario de verdad cuyo nombre nos hace sentir importantes: la Concha Acústica del Campo de Marte. Nos imagino bailando huayno dentro de una vagina musical y estereofónica mientras alrededor se desata una guerra incendiaria y cruenta.

Cuando me pruebo el traje parezco una chola andina auténtica. Y ahí está Domingo, el acosador de niñas que se sienten feas, soltando alguna de sus perlas racistas. Y eso que hace poco nos besamos jugando a la botella borracha.

Es increíble, pero en un colegio donde se propugnan los valores de la igualdad tampoco faltan los bravucones para impartir violencia contra los más débiles, como si los nuestros pusieran bombas debajo de nuestros pupitres. Tal vez Domingo está harto de que le llamen enano, por eso se desahoga conmigo. Me dice cosas horribles sobre mi piel, sobre mi cuerpo. Me dice chola y serrana. Su insulto favorito es llamarme Paisana Presbítera, una parodia televisiva vejatoria de la mujer andina hecha por un hombre disfrazado de campesina. No le encuentro la gracia al personaje porque siento que se burla de mi abuelita. Y por eso, de mí.

El baile folclórico es otro curso obligatorio, es una militancia, no puedo escapar aunque quiera, aunque tenga miedo de ser o parecer una india con esos trajes, no puedo escapar de este disfraz que revela mi identidad originaria, no fuera del escenario, al menos, porque es verdad que algunas danzas para las mujeres consisten en performar la resistencia y la fuga. En un huaylas o en un carnaval se da de facto un juego de seducción y cortejo entre parejas heterosexuales a través del baile. Las chicas movemos las caderas y agitamos las faldas. Los chicos zapatean y nos buscan blandiendo sus huaracas, el látigo que sirve para hacer avanzar al ganado en la puna. Por momentos las mujeres jugamos a ser ganado desobediente y los hombres a ser nuestros pastores disciplinadores. La ambigüedad juega a favor de la sátira del amor serrano que la mirada externa ha resumido como: más me pegas, más te quiero. Pero hay de todo: acoso y huida, avances y retrocesos, captura y consumación.

El baile recrea el momento del carnaval, que poco a poco deviene en un frenesí embriagante: performamos también borrachera y descontrol sexual, como si creyéramos en los pecados de la carne; sacamos botellas invisibles y enredamos ferozmente nuestros cuerpos adolescentes con niños que nos repelen. Entonces llega el momento tan esperado por el público. El niño hombre ya ha bebido, ya ha bailado lo suficiente, y eso solo puede significar una cosa: quiere meterla. Empieza un tira y afloja, él jala a su pareja, ella se resiste, lo aleja, le pega, él vuelve a intentarlo con más fuerza. Es una lucha cuerpo a cuerpo. Algunos consiguen ponerse a las mujeres al hombro como sacos de papas y salir de ahí; otros más borrachos son arreados por ellas hasta la salida. La última danzante es siempre la más rebelde, pero al final es sometida como todas las demás, lo que el público interpreta como una victoria del baile y quizá de la sociedad. Por suerte, en el mundo andino bailar exorciza la lucha de los sexos: carnavalearlo lo vuelve un momento de excepción. Pero ya es tarde, de estos bailes aprendemos la mitad de lo que sabemos de amor tóxico.

En la escuela ya solemos dar señales de nuestra menor o mayor mansedumbre futura, de nuestro umbral de ferocidad. Hay perfiles subversivos y perfiles disciplinados. Por selección natural, entre las niñas hay quien domina y quien se somete; ambas van de la mano sonrientes por el patio, pero presuntamente solo una sufre en secreto. Yo no quería una esclava y Pamela tampoco, pero a las dos nos gustaba dominar. Quizá por eso empezamos un juego, que no una amistad, en el que no había nada más allá de situaciones vagas y distractoras. Eso nos mantenía en cierto equilibrio entre la maldad y la estupidez de la adolescencia.

Nos unía un sortilegio basado en cosas poco profundas y no dichas. Nos escribíamos cartas llenas de chismes sobre otras niñas, una mala entraña muy parecida a la complicidad. Pero cuando ella se atrevía a ir más allá del límite trazado, por ejemplo cuando me interpelaba sobre algún asunto, cuando me hacía preguntas tan poco inocentes como ¿qué piensas?, yo le contestaba: Nada. Ella se desesperaba: Pero dime, ¿en qué? Entonces comenzaba a alejarme, la apartaba de mi vida.

En realidad, yo solo pensaba en gustar, pero no quería que alguien que sabía hacerlo tan bien supiera la verdadera historia de mis ansias. Pronto tuvo un novio o dos. Harta de mis desplantes, se alejó de mí y tampoco la eché de menos. Sí eché de menos tener un novio o dos.

Nos pasamos la vida luchando contra algo. No algo que quiere ganarnos, sino algo que quiere arrasarnos. Hoy debo vencer a Vilela si quiero llegar al torneo interescolar, que incluye enfrentamientos con colegios de Miraflores y San Isidro, los barrios adinerados de Lima. Este país es tan ruin que se da por hecho que una avanza posiciones con determinación para llegar a un sitio al que nunca quiso ir.

Como todos los años, ambas hemos humillado a nuestros rivales dentro del colegio y ahora nos toca disputar el podio de fuera cara a cara, como en cada final, y apretar el temporizador hasta despedazarnos. Tampoco somos amigas, nunca lo fuimos, solo contrincantes. Y con la deportividad nos basta.

El reloj analógico soviético marca nuestras pulsaciones cardíacas. Muevo y aprieto. Muevo y aprieto. En aquellos momentos de tensión es como si mi cuerpo también estuviera sobre el tablero dando la batalla. No sé cómo explicarlo mejor, pero todas mis identidades se distribuyen entre las piezas que dejan de ser de madera para encarnarse, volverse piel, mi piel, casi siempre negra y reluciente. Procedo a organizar todos mis otros yos enfilando hacia los yos de Vilela.

Tengo ideas delirantes cuando quiero ganar. Desearía convertirme en una máquina de jugadas, en una máquina de palabras, en una máquina de hacer estallar objetivos. Las máquinas y las memorias de las máquinas, se sabe, son lo único que sobreviviría a la extinción de la vida humana. Quisiera negar la existencia de mi cuerpo, su mortalidad. Si estoy viva y funcionando es por la maquinaria pesada del pensamiento, solo a ese aparato permanentemente encendido le rindo pleitesía. Quisiera vivir del *insert coin* y de movimientos que asusten a mi rival.

Una partida es un sueño o una pesadilla de la que tarde o temprano se despierta. El país en el que nací también. Aquí la guerra es un juego sin reglas, pero pasa en el ajedrez como en la guerra que no hay buenos y malos, solo ganadores y perdedores.

En 1989 ya sabemos que quizá no nos dure demasiado el sueño de vivir el socialismo. Pero la promesa de pisar algún día la alfombra roja de la contrapotencia mundial todavía nos mantiene en vilo.

Alina será la última de nosotras en llegar a destino. Su plan es viajar a algún rincón gélido de la URSS para estudiar arquitectura. Pertenece a la última promoción del colegio beneficiada por las deseadas becas de la URSS. Va dos cursos por delante de mí. Tiene la piel morena casi rojiza, un rostro pequeño y delicado con pestañas gigantes, no he visto a ninguna otra niña verse tan bien con el pelo corto. Es tímida y aplicada, la alumna perfecta; baila *El lago de los cisnes* tan bien como el Carnaval de Canas. Yo la admiro con disimulo. Es de las pocas en felicitarme cuando declamo poemas los lunes de formación y siempre estoy a punto de tirarme a sus brazos y pedirle ser su amiga; le encanta la poesía rusa. Así que nos tomamos en serio el pequeño desafío de hacerla cruzar un par de continentes hasta su destino. Toda su clase se organiza para recaudar fondos para el pasaje. Se vuelve la causa de todos. Alina es un primer puesto y merece como nadie ese viaje. Yo colaboro en lo que puedo, como vender números para la rifa y traer mis viejos peluches para el mercadillo.

Sin embargo, en lugar de apoyar la colecta y en medio de la vorágine colectivista y solidaria, a Pamela se le ocurre vender joyitas hechas a mano, unas pulseras y collares que ella misma ha aprendido a hacer con un manual, para juntar el dinero necesario y comprarse un pasaje a Argentina y un ticket para el concierto de Charly García. Es verdad que al Perú nunca vienen las estrellas de la música, pero esto cae fatal a la Comisión Alina-Viaje. Finalmente, pese a las contrarrevolucionarias, logramos reunir el dinero. Estamos felices, orgullosos de nuestro rigor comunista.

Alina ha soñado toda su vida con construir cosas que duren para siempre. La oí decirlo un día. Cuando descubrió la arquitectura soviética se mareó al comprobar lo mucho que una promesa se parece a un sueño. Y en su caso los sueños son de un material reconocible, palpable, son sueños de hormigón. No tengo muy claro qué la subyuga de los edificios rusos, si su escala descomunal o el poder que ostenta un bloque de piedra sobre otro. O que por sus senderos quepan desfilando unos cuantos tanques. En todo caso, deduzco que dejó de sentirse pequeña, insignificante, cuando empezó a soñar con construir edificios enormes con los que poder intimidar a los demás. Así, más o menos, se habrá sentido el que inventó la bomba atómica.

Entonces, cuando Perú lleva un tiempo ganando el partido en las olimpiadas educativas del Atusparia, la calma chicha termina. Y vuelven los rusos.

Según la comunidad atuspariana, Apegus quiere dar un golpe. Según Apegus, solo esperan devolverle al colegio su condición de bastión soviético, algo que nunca debió dejar de ser. Es 1989, el colapso de la URSS es inminente y mantiene a todos en posiciones estratégicas, queriendo asegurarse un trozo de colegio en lo que ya se adivina como la cada vez más próxima liquidación total. Por jubilación del régimen. Pero el Perú no tiene nada que envidiarle porque es otro mundo al filo del abismo, es su estado natural, no hay nada en su discurrir que no sea abismo.

Ahora bien, si hay algo que tiene el patio del Atusparia que no tiene el patio de la URSS es pluralidad política, al menos dentro del amplio y animado espectro que va de la izquierda revisionista, pasando por su prima la guerrilla, hasta el dogmatismo asesino. Aquí se cruzan en los mismos metros cuadrados los hijos de los estalinistas con los hijos de los trotskistas, los hijos de los sindicalistas con los hijos de los caviares, los hijos de Sendero Luminoso con los hijos del MRTA, los hijos de los maoístas con los hijos de los prosoviéticos, los hijos de los pobres con los hijos de los infelices. Pero, eso sí, no hay ni un solo hijo del imperialismo.

El colegio amanece un día con una pintada. Con letras rojas y desbocadas han escrito «¡Atusparia: nido de traidores! ¡Viva la lucha armada!» en una de las paredes contra la que los niños tiran pelotazos en el recreo. A estas alturas, las paredes de las universidades nacionales son murales vivos de expresión subversiva, pero jamás se había visto tamaña incursión grafitera en un colegio. El mensaje es claro: a Sendero no le gusta nadita nuestro colegio, pero puede entrar como Pedro por su casa. Nadie sabe quién ha hecho la pintada, pero todos saben quién ha sido. La directora decreta día festivo para limpiar el desastre. El conserje agarra un trapo remojado en agua y borra la evidencia de nuestra ambigüedad.

La década está a punto de terminar y eso significa que pronto la guerra entre Sendero Luminoso y el Estado estará de aniversario. El conflicto se da desde hace casi diez años en nuestros campos y ciudades. En una muy particular interpretación del capitalismo, del comunismo y el fascismo, un menjunje que incluye trazas de revolución china, coches bomba y cuarteles en los que se tortura y desaparece gente. Las celebraciones se adivinan sangrientas y los aguafiestas represivos. Las bombas cada vez suenan más cerca de mi casa. Si antes una bomba era como el sonido de un recuerdo terrible que sin embargo sigue pasando en algún lugar, ahora una bomba es una presencia rotunda, la orquesta oficial en la que toca el miedo.

Dicen que cada mañana, para calentarlo, Aníbal Lanceros dejaba encendido el carro durante varios minutos en la puerta de su casa. Que sus dos hijas tomaban desayuno dentro y se alistaban con el habitual alboroto de peinados y loncheras. Como todos los días, se comentó, el presidente de la asociación de egresados de la URSS, APEGUS, tenía perfectamente cronometrado el tiempo que le tomaría a partir de ese momento salir, llevarlas al colegio y dirigirse a la universidad donde desde hacía años enseñaba ingeniería. Susana, su vecina y profesora del Atusparia, le había avisado que no hacía falta que recogiera esa mañana a su hijo, a quien Lanceros solía acercar a la escuela, un alivio porque así podía ir con algo más de calma. Probablemente pensaba en cómo todo se estaba volviendo cada vez más convulso, problemas en el colegio, problemas en la universidad. Seguro atesoraba las mañanas como esa, en que en medio del frenesí de la partida podía fingir que la vida era mucho más simple. Solo en ese breve espacio, tal vez, Lanceros sentía que no era el joven de izquierda de San Marcos, ni el socialista moderado que viajó en los setentas a Moscú, donde terminó dos carreras para volver con un doctorado en ciencias. Y que por eso, junto a su esposa rusa y otros egresados como él, soñó con llevar la educación científica a los niños peruanos y fundó este colegio que podría haberse llamado Utopía, aunque ahora la isla se le haya llenado de monstruos. En esos minutos, Lanceros solo era un padre de familia con algo de prisa y un día por delante. Eso nos dijeron.

Muy probablemente se metiera la camisa dentro del pantalón y tomara el último trago de café para salir por la puerta haciendo sonar las llaves. Cuando se acercó al coche una ráfaga de balas lo hizo saltar hacia dentro del vehículo; en un primer momento logró esquivar los tiros mortales. Estaba herido pero vivo. ¿Habría pensado en esos segundos «Es verdad, estamos en una guerra» antes de buscar sobrecogido a las niñas, que, según los periódicos, vieron junto a su madre el crimen desde el portal? Imagino que en situaciones así puedes hacerte una idea fugaz de quiénes son tus asesinos, reconocerlos, verles por fin la cara. Intentó correr, dicen, hacia la casa, quién sabe con qué impulso. En el último segundo de su vida, uno de los cuatro encapuchados, una mujer, le disparó el tiro de gracia por detrás. La policía encontró una nota manuscrita al lado de su cadáver con la inscripción «Así mueren los siervos del imperialismo».

Yo vi la foto en una revista, era una foto ingeniosa tomada desde abajo y a través del arco de un par de piernas desconocidas. La foto vista al vuelo tiene la forma de un nicho para meter un muerto, o algo en los contornos le da a la imagen el aspecto de haber sido decorada con una corona fúnebre. La composición juega con la idea misma de la muerte, principalmente por la elección del blanco y negro. Hay un pedazo pequeño de cielo sobre el cadáver de Lanceros tendido boca abajo con los brazos flexionados y caídos hacia delante en actitud relajada, como esperando un masaje vestido de traje o tomando el sol. La luz del revelado ha quemado su cabeza hasta hacer desaparecer sus contornos. Un puñado de personas practican a su alrededor diversos oficios vinculados a un asesinato: periodistas, jueces y policías rodean el cuerpo como si fueran varios especialistas en un quirófano a punto de operarlo. Manos sujetan cámaras de fotos, libretas, lápices, grabadoras. Dos se inclinan sobre el cadáver buscando algo en sus bolsillos.

La policía interroga primero a la profesora Susana Vilchez. Las preguntas están diseñadas para incriminarla: ¿Por qué precisamente esa mañana no envió a su hijo al colegio con Lanceros, como todos los días? ¿Qué la hizo cambiar de opinión? ¿Sabía por alguna fuente que el profesor iba a sufrir un atentado? ¿Fue usted una informante de sus asesinos? ¿Es usted una soplona? ¿Es usted su asesina?

También preguntan cosas por el estilo a profesores y empleados en los días siguientes a la muerte de Lanceros. A la directora Letty Muñiz, a la profesora Asunción Grass, a los profesores Pedro Escribano, Mardonio Gallardo y Carlos Pérez Prado. Mientras tanto, el colegio permanece clausurado. Por aquellos días no entendemos nada de lo que pasa, ni por qué no podemos ir a clases. En todo caso, lo consideramos una bendición. Las clases permanecen suspendidas durante semanas, ya no recuerdo cuántas, y me paso el día dando vueltas por la Resi con mis amigas sin nada que hacer.

En medio del caos, las profesoras Asunción Grass y Susana Vilchez van a visitar a la rusa viuda de Lanceros para darle el pésame en nombre del Atusparia, pero la mujer las recibe a gritos y las echa de su casa, las llama asesinas y amenaza con llamar a la policía. Dicen que la rusa piensa que nuestra escuela es un nido de terroristas y que tenemos mucho que ver con la muerte de su marido. Nadie la saca de esa idea, ni siquiera porque el cadáver está firmado de puño y letra por Sendero. Poco tiempo después vuelve a la Unión Soviética, pero ya sin esposo y a un país casi sin comunismo.

Una tarde igual a cualquier tarde desde que estamos sin colegio voy a la casa de Gabriela, una compañera un año mayor a la que han cambiado de colegio tras los extraños sucesos. Su padre es un periodista outsider conocido por haber logrado la hazaña de expropiar un periódico de tirada nacional junto a sus compañeros y formar una cooperativa, algo tremendamente irreverente y un signo de pedigrí revolucionario entre los atusparianos. El hombre está sentado en un sofá de la sala y desde donde estamos apenas intuimos su bigote. Lee el diario mientras nosotras intentamos grabar unas canciones de la radio en un casete. Entonces Gabriela baja la música y le pregunta a su papá qué hay de cierto en los rumores de que Lanceros fue asesinado por gente del Atusparia. El hombre parece acostumbrado a interrumpir su lectura para resolver preguntas como esa.

—Hay que entender el lugar donde vivimos —dice después de unos segundos—, el Atusparia refleja sus conflictos e injusticias.

Nos habla sin mirarnos. Y, cuando nos mira, lo hace por encima de sus lentes, por encima del periódico, por encima de nosotras. Es de esos hombres adultos que son incapaces de tener una conversación, como si solo supieran dar clases. Entonces empieza a disertar.

—Todas las pruebas señalan sin fisuras a Sendero, que, como saben, se caracteriza por su crueldad y desprecio hacia quienes no comparten su punto de vista. Un exguerrillero me dijo un día que para Sendero, Allende y Mandela son traidores, las madres de la Plaza de Mayo unas lloronas, las guerrillas latinoamericanas una pandilla bajo las órdenes de los rusos, los que militamos en la izquierda unos revisionistas, los pacifistas, traidores. Para ellos, como solía decir mi amigo, el único diálogo posible con el Estado es acerca de las condiciones de su rendición. A eso en política le llamamos ser sectario.

—¿Lanceros también era de izquierda…?

—Sí. Matar a un hombre de izquierda como Lanceros, no afín a la lucha armada, se ha vuelto habitual para Sendero, son ese tipo de decisiones dogmáticas que lo hacen cada vez más impopular, como matar a dirigentes de barrio o a miles de campesinos que se niegan a someterse a sus mandatos. Eso no lo hace, por ejemplo, el MRTA, ni ninguna guerrilla. Lanceros era un socialista moderado, un prosoviético, y los maoístas de Sendero desprecian a los soviéticos.

—Pero ¿qué había hecho para que quisieran matarlo?

Nos mira un momento y sonríe.

—Estaban a punto de nombrarlo rector de la Universidad de Ingeniería y quería expulsar a los senderistas de su universidad. Sendero buscaba una piñata para su fiesta de aniversario. Está a punto de cumplirse una década desde el primer levantamiento armado, diez años del primer perro muerto que colgaron de una torre de luz. Lanceros era cargoso, por lo tanto eliminable.

El papá de mi amiga nos cuenta más cosas horribles, como que en la misma semana del asesinato de Lanceros Sendero mató a un montón de campesinos de las rondas de autodefensa. Y estamos tan absortas que ni notamos que el tocacasete se ha tragado nuestra cinta y la ha devuelto como un larguísimo acordeón sin sentido.

—El Ejército entrega todos los días armas a las comunidades para enfrentar a Sendero, como diciendo mátense entre ustedes. Si se niegan, los tachan de terroristas, los detienen y desaparecen.

—Pero ¿por qué Sendero también mata campesinos?

—Porque son dogmáticos y de alguna manera también estalinistas. Son burócratas de la muerte. Sendero no tiene la fuerza de un Estado, pero hace más o menos lo mismo para engrosar sus filas: si se niegan, los masacran. Lo hablaba el otro día con otro compañero, se trata de un caso único en Latinoamérica, que una guerrilla pretendidamente revolucionaria alcance esas cuotas de muertes entre la población civil. Senderistas y militares practican el terrorismo y la guerra sucia contra los campesinos. Muchas veces a estos no les queda otra que unirse a la fuerza a alguno de los bandos. Pero ya no solo está pasando ahí. ¿Se han dado cuenta de que ahora hay cada vez más apagones y bombas en Lima? —Nosotras asentimos exagerando nuestra ignorancia por el puro goce de ser educadas tan tiernamente—. Tienen un plan, y es cercar las ciudades desde el campo para pasar a la siguiente fase: convertir Lima en el centro de la guerra que le han declarado al Estado.

Nos da la noche escuchando el relato de nuestro tiempo de la boca del padre de Gabriela mientras estiramos y enrollamos como autómatas la cinta larguísima del casete con un lapicero, como si pudiéramos hacer lo mismo con la Historia, sabiendo que hay partes de ella irreparables pero estuviésemos decididas a perderlas con tal de recuperar lo importante. Y aun con una consciencia superficial de los hechos, yo pensaba que ojalá hubiéramos grabado sus palabras en nuestro casete y ojalá hubiera tenido un padre como el de mi amiga.

Crecer es entender de qué manera todo lo que somos es parte de algo más grande y espeluznante. De qué forma somos apenas una pieza del engranaje de ciertas máquinas de destrucción. Qué culpa tiene el tomate de estar tranquilo en la mata y viene un hijo de puta y lo mete en una lata. La canción popular nunca miente.

Nos sobrecogen, nos llenan de estupor pero también de ínfulas nuestros pequeños protagonismos en la guerra. Quizá nos sentimos más importantes por tener un muerto o dos. En los años en que todo moría, a veces tan cerca de nosotros, parecía que debíamos elegir en qué clase de sospechoso queríamos convertirnos. Lo que no quedaba claro era sospechoso para quién.

Según los periódicos, el asesinato de Lanceros se ha ejecutado con el mismo modus operandi que el resto de los asesinatos urbanos de Sendero Luminoso: emboscada, ráfaga de ametralladora, más de un atacante, una mujer dando el tiro de gracia, nota reivindicativa al pie del cadáver. La policía que investiga la muerte de Lanceros sigue la pista del colegio durante un tiempo más, pero no logran probar ningún nexo. El Atusparia reabre sus puertas. Unos meses después, Sendero reivindica el asesinato.

En nuestra guerra interna dentro de la otra guerra interna, los enfrentamientos dejaron de ser sobre abstracciones como la educación, y ahora en el Atusparia se pelea por el poder. Y hasta por el dinero.

Primero la perestroika los volvió locos. Ahora el marco del debate es plenamente capitalista. Los funcionarios del Atusparia, algunos padres de familia y mentores en general se olvidan de aquel mandamiento de Marx conforme al cual para cambiar el mundo se necesita abolir primero la propiedad privada y efectúan una nueva revisión del marxismo para llegar a la conclusión de que el colegio debe convertirse en una flamante academia preuniversitaria para sacarle todo el dinero posible. Por suerte, hay un escollo: el padre de familia que donó el local hace varios años tuvo a bien señalar en el contrato que este sitio donde sudo y últimamente aprendo a besar debía ser estrictamente para uso escolar, y así queda dicho. No hay nada más que rascar. Tras el asesinato de Lanceros, APEGUS desaparece. Han asesinado también al colegio que conocimos.

Cuando se acerca el final de partida, quedan pocas piezas y mucho menos que perder. En los finales se vuelven importantes el rey y aquellos que fueron siempre carne de cañón. Un sector sigue con la pugna. Descontentos con la actual gestión, ese grupo pide la renuncia de Muñiz y de varios de sus profesores, incluyendo a Grass, Escribano y los otros. Quieren hacerse con la directiva y acabar con los maestros que me enseñaron todo lo que sé. Pero si algo queda al final de la batalla, además de un rey y un par de súbditos, es un último impulso defensivo. Y este es el de la negación. Los peones negros vuelven a la carga, queriendo aparentar que llegan a dar clases en un día de trabajo normal pero un caballazo en la puerta les impide el paso. Grass se declara en huelga de hambre y durante tres días ve morir el sol desde el portal del Atusparia. Mis maestros no claudican, emprenden la retirada, me iría con ellos si pudiera. Solo el pueblo salva al pueblo. Todo se precipita. El colegio es ya oficialmente de algún otro bando de la guerra, quién sabe cuál. El Ministerio de Educación lo interviene, un consejo impone otra directora. Mis viejos compañeros también desaparecen. A Néstor,

Pamela, Domingo, Vilela, los cambian a otra escuela. Desaparecen también las clases de ruso y empiezan a darnos clases de inglés. Adiós a la educación científica. Adiós a la revolución. Goodbye, Atusparia.

Nubes blancas sobre un cielo negro.

LA RESI

El muro cayó y nosotros quedamos enredados entre bloques de cemento, carne atrapada después de un largo colapso, ojos abiertos bajo toneladas de sombras.

Nos quedamos preguntándonos vaguedades, pero en el fondo sabíamos que las respuestas también serían vagas. Nadie contestó. Por allá andaban de reunificaciones, pero a las que nunca estuvimos unidas ¿cómo iban a reunificarnos? Terminaron por hacer caer el telón de acero de una obra en la que no actuamos. Así que nos inventamos un epílogo.

Ahora habitamos el último sótano del último *plattenbau*, una cápsula de tiempo a miles de kilómetros del Spree. Hay un término alemán que sirve para nombrar la nostalgia por el Este: *Ostalgie*. ¿Será eso lo que nos pasa? El capitalismo actúa sobre nosotros como un hombre que intenta convencer a su mujer de que está loca, escondiendo cosas, bajando la intensidad de la luz, haciendo ruidos en el sótano. Y aunque aseguremos haber vivido lo vivido, nuestra percepción de la realidad ya ha sido destruida y no hay vuelta atrás. La luz de gas sobre el comunismo es cegadora.

Los que hemos sido parte, aunque sucedánea, de la Liga de los Justos, andamos como atacados por el síndrome de Tourette. De un momento a otro ejecutamos movimientos y sonidos involuntarios, violentos y ofensivos tics que vienen de un mundo remoto. Podemos estar interactuando con normalidad y ver irrumpir en nosotros la obscenidad del pasado. En esos segundos, nuestra segunda lengua muerta, recién fallecida, revive monstruosa.

Bruja del Este, de largos tentáculos, ¿por qué nos has abandonado, por qué nos devuelves a los brazos desafectuosos de la madrastra patria y el padre yanqui?

Hablando de madres y padres, nunca sé dónde están los míos. Su ausencia, su descuido, su despolitización, me dolían más cuando estaba sometida a otra clase de estímulos. Ahora me vienen de puta madre. Desaparecen días y me dejan con mi abuela, que aunque es ciega no es fácil de engañar. Todas las noches convulsas de esta guerra temo despertar con el bastón de mi awicha removiendo las sábanas y con su voz anunciándome en aymara «Tus papás están presos» o «Tus padres están muertos» antes de irse dejando en el aire el rumor de sus polleras.

Solo jabalíes y lobos hambrientos merodean metafóricamente nuestras calles. Por desgracia, no somos como esos tipos profesionales del fin del mundo, supervivientes con aparatos para medir el grado de radioactividad y no dar un paso en falso y quedarse sin pierna. Vivimos aceptando esa posibilidad. No tenemos la actitud adecuada para entrar de lleno en la fase de desintegración y dar la talla. Nos embarcamos en un acelerador de partículas hacia el futuro y aterrizamos en un planeta dominado por una especie inferior. Al final de la película se descubre que nunca salimos de la Tierra. Gritamos de horror: ¡Qué diablos hicieron con nuestro mundo! Como Karosta o cualquiera de esos lugares diseñados por la URSS que prosperaron solo mientras fueron útiles, ahora nosotros también hemos desaparecido.

Dado que la URSS se autodestruyó precisamente el año en que podríamos haber cruzado el océano en pos de una gran carrera científica, los últimos atusparianos del tercer mundo nos quedamos sin becas.

Cuando mis profesoras rusas se esfumaron y unas señoras peruanas empezaron a enseñarnos inglés; cuando al Atusparia le cambiaron el nombre, cuando Asunción dejó el colegio y muchos de mis compañeros emprendieron el éxodo a escuelas y barrios residenciales con más experiencia en el capitalismo que la nuestra, algunas nos quedamos aisladas sin comunicación en la última caseta del *check point*.

Además, había un muerto. Y nadie pretendía llevarlo a sus espaldas.

No sé cómo coincidieron la guerra interna, el terrorismo,

los desaparecidos, la peor crisis económica de nuestra historia, la caída del muro de Berlín, el fin del comunismo, el comienzo de una nueva dictadura, pero a eso le llamábamos nuestro tiempo.

Cuando me di cuenta, yo seguía ahí, terminando la secundaria en mi colegio cancelado, en esta escenografía de videojuego de terror que era la Resi, la urba en la que vivía con mis padres. A ellos les daba igual qué bando de la ya guerra más tibia que fría iba a culminar mi educación. No contaron con que aún quedaba un buen trecho de mí por maleducar, y lo dejaron a la buena de Dios.

A Alina la encontraron en el deshielo después de buscarla durante días. La nieve se derritió y allí estaba, como una princesa vestida de escarcha y maquillada con sangre. Según los forenses, la habían estrangulado con su propia bufanda después de violarla y habían usado su cuerpo para un ritual satánico.

Estudiaba en la facultad de Arquitectura de la Universidad Patricio Lumumba de Moscú, a la que hacía poco le habían cambiado el nombre a Universidad Rusa de la Amistad de los Pueblos.

Volviendo de pasar la tarde con amigos en una cafetería, Alina tomó el ferrocarril y al bajar cruzó el camino del bosque, el mismo de todos los días, para llegar a la residencia de estudiantes. Su cuerpo estaba a apenas cien metros del edificio. Sus compañeros de clase la describieron como una chica tranquila, tímida, callada. La policía calificó el asesinato como uno de los más crueles en años.

Encontraron poemas de Ana Ajmátova en hojas desperdigadas por su habitación. En uno podía leerse: «Cuando oigas el trueno me recordarás y tal vez pienses que amaba la tormenta… El rayo del cielo se verá fuertemente carmesí y el corazón, como entonces, estará en el fuego. Esto sucederá un día en Moscú cuando abandone la ciudad para siempre y me precipite hacia el puerto deseado dejando entre ustedes apenas mi sombra».

Vuelven de golpe todas las canciones rusas que nos acunaron hablando del cielo, Alina, de los osos polares, de los cocodrilos y otros animales que no habíamos visto nunca. Dime que tú sí llegaste a ver al tigre siberiano, a los leopardos del Amur en tus paseos por el zoo de Moscú, reabierto tras el fin del comunismo. Que siempre haya sol, que siempre haya nieve, que siempre esté mamá, que siempre esté yo, que siempre estés tú. Tamara Miansarova cantaba esa canción contra la guerra y, como era soprano e intérprete pop, hasta vieja hacía en los coros una voz aflautada para que pareciera que cantaba un niño.

La magnificente banda sonora de nuestra niñez nos hablaba también de los compañeros, del joven octubre, de la victoria, del nuevo amanecer. Las dulces canciones viajando de las bocas de las niñas rusas a las bocas de las niñas indias. Cada monedita nuestra en tu bolsa de viaje comunista para esto, Alina. Yo solo quiero dejar de ser esta media criatura, quiero hacerme mujer, persona, algo más fuerte que una chica, algo capaz de cantar con la garganta encendida de melancolía como Yma Súmac; ser como ella, la descendiente del inca Atahualpa, el día que cantó «Noches de Moscú» en el teatro Bolshói delante de Nikita Jrushchov, en los mejores tiempos de la Unión Soviética –o sea, cuando Yuri Gagarin salió al espacio y le ganó a los gringos, antes siquiera de qué tú y yo existiéramos–, cuando cantó con una voz como para derretir el hielo, el tiempo y la maldad. ¿Te imaginas haber podido con todo en lugar de que pudieran contigo?

Yo una vez también quise ser una estudiante en Rusia que camina dejando huellas pequeñas en la nieve. Ya es tarde para las dos, Alina.

> *Noches de Moscú con su tibia luz,*
> *se oye una canción entonar,*
> *es el triste adiós*

de una canción de amor
que se pierde al atardecer,
es el triste adiós de una canción de amor
que se pierde al atardecer.
El amanecer no está lejos ya,
la luna del río se fue,
dime dulce amor que no olvidarás
este mágico atardecer.

Ahora mi cuerpo es otra ciudad abandonada por el comunismo. Estoy lista para ser ocupada por nuevas fuerzas. Y no se hacen esperar. Las registramos rápido porque de totalitarismos entendemos un poco. Nada como la adolescencia para hacer fracasar una revolución.

El Point es un pedazo de ese no lugar, un mirador para el avistamiento del lumpemproletariado, un puesto de control fronterizo en el tontódromo de nuestra urbanización fantasma. Pisco habla del Point como de su oficina al aire libre, parada obligada para los zombis de la Resi que no desaprovechan la oportunidad de comprarle algo de droga y fumarse un porro al lado de un tigrillo de verdad. Ver fumadazos cómo baila un ocelote andino completamente deslocalizado entre árboles de parque es el lujo cinco estrellas de nuestra pandilla de drogadictos. Desde aquella vez en que pasé por el Point y Pisco levantó la ceja para hacerse notar mientras hacía como que no me veía, fingiendo tener ojos solo para sí mismo y su fabulosa mascota, no nos hemos separado.

Juntos formamos un buen cascote de derrumbe. Entre los remotos escombros de ese mundo que no ayudamos a construir ni a destruir nos pegamos las juergas del comienzo y del fin de la Historia. Todo siempre parece más muerto que nosotros, esa es la ventaja. Quizá no estemos tan equivocados. En esta nueva etapa, el fervor revolucionario de mi infancia transiciona hacia el desacato de la calentura juvenil. No está mal. Nuestras almas buscan un nuevo estupefaciente. Y en el camino descubrimos otra militancia, la adicción a la dinámica del coste-beneficio.

Podemos pasar la noche en el bingo habitado por cuatro vecinas ludópatas o junto a la madre de Pisco, una señora mamá soltera llena de dolor, en el casino maloliente debajo de las galerías, alimentando las maquinitas insaciables con el monedero de la pobre mujer, pero yo siempre me sentiré ganándolo todo en una sucursal de Las Vegas llena de glamour burgués. Tardes dándole al pinball imaginando nuestra vuelta al futuro en un carro en llamas. Si vamos por cualquier descampado mugriento, por cualquier callejón sin retorno, me alucino la heroína de una película mezcla de gótico y comedia romántica, como las de la tele. Amo el peligro que provocamos juntos.

No temo ni la posibilidad demasiado real de que me empeñe por droga y nunca más lo vuelva a ver. De todas nuestras drogas habituales me encanta el pastel, la porquería empozada en el colador, el residuo en el proceso de hacer lo importante, o sea la cocaína. No he probado nada mejor, porque tampoco podemos pagarlo. La palabra «pastel» viene de «pasta», de PBC, pero mi cabeza relaciona su nombre con ese sabor dulce, un pastel de fresas acariciando mi sistema nervioso central. El efecto del pastel mezclado con la marihuana es como debería ser la vida o, al menos, la otra vida, una de color neón, color lentitud, color trémulo, color vibrante, como viajar en un ascensor horizontal y bajarte en todos los pisos porque en todos los pisos vives tú en un universo paralelo. Miras a tu alrededor y ya no queda nadie en la discoteca, eres la última en irse. Y no importa porque tampoco estás en una discoteca, nunca estuviste en una, solo te metiste por un agujero de gusano. Las paredes del sitio, de cualquier sitio, son membranas palpitantes y tú estás hecha del mismo material de las pesadillas.

Algo que aprendes muy pronto es que hay una semilla de placer en la próxima angustia. Fumar un mixto es exactamente eso. Encontrar algo satisfactorio después del dolor que te empuje al siguiente dolor. Si me pidieran que explicara lo que es estar en el mundo, les encendería un cigarro de PBC en la boca. O diez. Es la euforia de lo efímero la causante de la compulsión. Ser joven y drogarse es como estar dentro de una serie apocalíptica en la que por guion a ti no te va a comer el monstruo. Mi personaje disfruta huyendo. Me apago y me vuelvo a encender en alguna otra dimensión de los yos reflectantes. El sufrimiento también es imaginario, porque con otra calada de humo de fresa tóxica se esfuma el dolor. Te fumas el dolor. Mi vida en la Resi es fumarme el dolor.

Mi primera pichanga con él. Mi primer polvo con él. Mi primera peli porno con él. Mi primera violación con él. Antes de Pisco yo era un extraño juguete sin nombre, ya no.

Me silba como todas las tardes desde abajo, me asomo los diez pisos que me separan del suelo por la ventana y estoy a punto de lanzarme de inquietud, cojo la correa y salgo corriendo hacia el ascensor seguida de Gorbachov, mi perro epiléptico que aúlla de alegría casi más que yo.

Arrastro a Gorbi por la calle hasta ver la silueta de Pisco en el Point, esperándome recostado como un perfecto camello de esquina sobre la verja de madera, jugando con la cadena en una nube de hierba, y a Ziggy paseando su pelaje pardo amarillento por nuestra jungla fake.

Lo llamó Ziggy porque Pisco se cree Bob Marley y ese gato es su hijo. Hola mi amor, hola mi amor, le digo y entierro mi cabeza en su camiseta estampada con la bandera rastafari. Lo beso por todos lados y me contengo para no despeinarlo demasiado, su pelo fijado con gomina es un tema serio para él. Me reprimo para no abrirle el pantalón y meter mi manito ahí en plena vía pública. Cómo me gusta hacerla crecer, tener esa magia en los dedos. Servir para algo. Él me dice ven aquí mi preciosa, me aprieta el culo con toda su manazo, me sopla el humo de marihuana dentro de la boca, me lo trago, me trago todo lo que me de, su semen, sus drogas, su mala ortografía, su desesperanza. El humo me eleva unos centímetros por encima de los mortales y por fin puedo seguir atenta la danza mágica de Ziggy. El paso acolchado de sus pezuñas me recorre de arriba a abajo, de la primera a la última vértebra. Dentro de mi cuerpo brota un árbol frondoso de mil ramificaciones, un parque de atracciones para sus brincos de uñas y silencios afilados. Mis ojos se hacen espejos de su máscara de tigre, manchas de tinta movediza, tatuajes de guerreros moches y mexicas bailando en su osamenta. Dime qué ves en la piel de un animal salvaje y te diré quién eres: un dios de la guerra, el patrono del sacrificio, mi señor caudillo. Cuando Pisco lo suelta, le retira la cadena del collar y por fin puede expandirse en el terreno, somos una sola cosa con el animal, un híbrido mitológico. Nosotros también nos sabemos mucho más elegantes y misteriosos y la hierba nos convence de esa mentira profunda.

La droga nos ha hecho conectar con algún espíritu amazónico ligado a esta bestia de los bosques que mi chico cría con todo su precario amor en el piso de ochenta metros cuadrados de su familia, encadenado en el patio. Así, con la dosis exacta de hierba metida en el cuerpo, todo tiene un sentido cosmogónico si lo cuenta un gato. Temo y gozo viendo a un depredador deslizar su libertad por este parquecito de mierda. Así de injusta es la vida con algunas criaturas. Es demasiado animal para este zoológico de personas. Pisco suele verlo solo como un gato grande, pero yo le trato con cautela porque sé que podría atacarnos hasta la muerte, clavarnos uno de sus colmillos en la aorta hasta desangrarnos y no sería del todo injusto. No se va pero tampoco es que esté ahí. Hace miles de años aprendió a cazar pájaros y ratones y cuando duerme sobre una rama gruesa el infierno también se duerme. Verlo es tan adictivo como ver a Pisco presumir de cualquier cosa, de su felino ilegal, de su novia de quince años, de toda su droga malísima escondida en algún lugar que solo él conoce.

Pisco contiene mi principio activo. Esto es lo más feliz que seré, pienso, lo más lejos que llegaré en este valle de lágrimas. He sido bendecida tras el despojo. Soy la ruina de una fortaleza convertida en atracción con el agua del Báltico hasta el cuello. No he vuelto a jugar al ajedrez, ni quiero. No he vuelto a pensar en cambiar el mundo, pero soy la novia de alguien que escribe «preciosa» con dos eses, *presiosa*, en cartas que mete subrepticiamente bajo mi puerta oliendo a su colonia de afeitar. Las colecciono en una vieja lata de galletas de mantequilla. Mis cartas de respuesta van poco después debajo de su puerta, las sobo en los pelos de mi pubis lacio e incipiente y se las dejo oliendo a mí. Que siempre esté Pisco, que siempre esté yo. Le escribo no me dejes nunca, Pisco, te amo como a nadie, aunque me des de fumar la peor hierba, la más seca, marrón, la más pepuda. A su marihuana oriunda de los peores callejones de Barrios Altos le llama «ponzoña», porque envenena y provoca un sueño profundo. La trafica en pacos de papel de periódico escondidos dentro de su pantalón, pegados a su pelvis. Por eso siempre que se la chupo le huele a marihuana y a tinta. Y con un sabor a marihuana me basta y me sobra.

Me queda poco para terminar, pero ya no voy al colegio. Desde que Pisco está conmigo ya no me siento sola, ni echo en falta a los prófugos del otro muro. Salgo de casa temprano con mi uniforme y mi mochila y nos escondemos en los edificios de la Resi para tocarnos en los entresuelos. Nos encontramos en el Ágora, esa gran plaza al lado del colegio cuyo nombre no evoca la gran conversación de la ciudad griega, sino a lo sumo sus guerras fratricidas, porque ahí se dan cita los más machitos para darse de golpes delante de su público y los más arrechos para lo demás.

Por eso voy con Pisco a un hostal de esos del fin del mundo donde dejan entrar a menores de edad. O vamos al cine de barrio por la mañana y fumamos tronchos en la oscuridad, se la saca y yo me bajo el calzón y me siento encima, encajándome en él profundamente. Me gusta ver películas así, penetrada y moviéndome de arriba a abajo.

Al final del día no quiero volver a casa, pero si no vuelvo mi abuela empieza a dar bastonazos a la ventana, a gritar llamándome vizcacha, así me dice, vizcacha —porque según ella tengo la cara parecida a ese conejito de los Andes—, y se le escapan palabras en aymara, ven aquí niña inquieta, jhutmay ch'iqui imilla, dónde estás, y da vueltas por el piso chocando con todo. Podría hacerse daño. Ha empezado con la demencia senil, aunque a mí no me parece una locura que quiera volver al lago altiplánico en lugar de seguir metida dentro de esta torre de cemento brutalista. La última vez se escapó porque quería buscar a sus pollitos.

Pisco me deja en la puerta de casa y yo me desvelo con el mono porque no soy mayor de edad y mi abuela no me da permiso para seguirlo por la noche. No duermo si Pisco me falta. Sin drogas y sin él, mi vida es una doble abstinencia. Devoro techo a bocados cuando el mono cogido a una liana salta dentro de mí. Rodeada de mis pósters de Yuri Gagarin en su Vostok 1 y mis revistas *Misha*, me asomo a la ventana a ver si lo veo aparecer por la calle camino a drogarse con otra niña más libre y hermosa que yo. Y varias veces lo descubro saliendo de prisa, entonces abro la ventana y le silbo desesperada para detenerlo, pero él finge no oír nuestro silbido en clave y así lo pierdo de vista hasta el día siguiente.

El Tío podría ser cualquier señor pero no lo es en absoluto. Al Tío de la Resi la gente le tiene mucho respeto o mucho miedo. Antes de conocer a Pisco solía verlo cada tarde salir a pasear con sus dos bulldogs, un macho y una hembra, arrastrando los pobres a duras penas sus pesados cuerpos color canela, casi al ras del suelo, con todo el pellejo colgando. Vestido con guayabera y pantalón oscuro, el hombre bajaba de su edificio, uno que está justo frente al mío. Entraba a la bodega, compraba una gaseosa, se la tomaba fuera si había algo de sol y prendía un cigarro Premier de esos apestosos. Se quedaba detenido entre los fresnos calados de luz hablando con algún vecino y luego seguía su camino. Pero como Pisco tiene esa facilidad para desenmascarar a todo el mundo, pronto me enseña su verdadera cara. Fue Pisco quien me dijo lo de mi padre, tiene otra mujer, va a abandonarlos, y así fue. Lo más divertido de ser su novia es que ahora sé quién es quién en la Resi y en el mundo. El Tío es el jefe de Pisco. Uno de los principales dealers del barrio detrás de la fachada de un señor decente, casado y con dos perros viejos. Por eso ninguna de las personas con las que habla es alguien con ganas de conversar, son en realidad sus clientes. Pisco es uno de sus pequeños distribuidores. Solo cuando está un poco mejor de dinero puede comprarle al Tío, el resto del tiempo debe conformarse con algún otro revendedor. Cuando va a hablar con él se pone supernervioso. Se prepara muy bien y me manda a mi casa para hacer su trabajo con la mayor concentración posible. Yo lo veo negociar desde mi ventana en el piso diez, sobre el parquecillo donde el señor se encarga de estos asuntos. Mientras está pasando el viento ulula, su presencia desata una banda sonora siniestra imaginaria. Desde ahí puedo ver cómo Pisco le invita a un cigarro y le habla zalamero hasta conseguir sus objetivos, alguna rebaja o un material mejor. El Tío tiene la cara de hijo de puta más grande que yo he visto en toda mi vida. Pero Pisco lo ve como el padre que nunca tuvo. Aun con esa cara y ese oficio tiene más carisma que el borracho que le dio nombre y destino. Pero la buena onda dura lo que dura un pase. Si nos encontramos al viejo un día por la calle, nosotros llevando a Ziggy y a Gorbachov a mear, y él a sus dos perros fósiles, fingimos no conocernos. No se mezclan las cosas. Sus perros van dejando regueros de babas por la acera que Gorbachov lame con gran entusiasmo. Y ese pequeño gesto de tráfico de bacterias animales sella nuestra unión clandestina.

Si Pisco tuviera que quedarse solo con una parte de mí, se quedaría con mi larga y brillante cabellera negra incaica. Me la cortaría de cuajo y la guardaría en un cajón.

Mis cabellos gruesos y lisos tienen un gen asiático de hace treinta mil años, los mismos encontrados en los pelos de las momias de Lauricocha.

Si mi novio hubiera leído algún poema o libro en su vida podría haberme dicho «Tu cabello es un reino cuyo rey es la oscuridad», pero en cambio me dice tu *presioso* pelo. Le gusta cepillarlo y hablar de él como se habla del amor verdadero.

Si el pelo fuera una ideología política, yo sería ultraconservadora: no me lo pinto, no me lo corto, no me lo ato. La mía es una cabellera no sujeta a modas ni a temporadas ni a cambios de humor, ni a cambios de gobierno o de sistema político, es una cabellera eterna. Siempre largos y lisos, mis pelos estaban ahí para que los príncipes pudieran trepar hasta mi torre y salvarme de mi otro yo, o sea de la bruja que se miraba al espejo con una única pregunta y a la que el espejo le contestaba siempre Blancanieves. Pisco es el brujo en el espejo que dice mi nombre.

Es noche de apagón en la Resi. Pisco me lleva a casa de Medusa, uno de los célebres habitantes de la zona oeste de las torres residenciales, cerca a la vieja sala de máquinas de videojuegos. Medusa es como el otro jefe no reconocido de Pisco. Cree que no me doy cuenta porque lo cholea con cariño y superioridad, pero en realidad Pisco compra a Medusa que a su vez compra al señor de los bulldogs. Se llama así porque su cuerpo es como el de una medusa, tiene arañas vasculares en la cara, y es todo él gelatinoso, hasta juraría que al menor roce sus manos húmedas pican como tentáculos. Me trata como a una sobrina y yo suelo comportarme un poco más aniñada de lo que soy para que me invite a drogas.

Cuando abre la puerta el olor ácido del interior me da un buen golpe. Solo hay una vela miserable en medio de la mesa que hace mucho más aterradores los rostros de la decena de hombres sentados alrededor en silencio. Hay apagones cada dos por tres, ya no sé si es Sendero Luminoso con su cacareado asalto a Lima o es que no hemos pagado la luz. Da lo mismo. En todo caso, en lo que toma al nuevo dictador capturar a los terroristas y a los que no son terroristas, nosotros nos hemos acostumbrado a hacer las mismas cosas a oscuras que a pleno día.

Willy Mumy en la penumbra parece una criatura extraterrestre. De día, cuando trabaja cambiando dólares con su chaleco verde fosforescente, en el pseudocentro comercial de la Resi, no me da tanto miedo. Tiene algún tipo de progeria y siempre da mucha impresión verlo, pero esta noche bajo la luz de las velas aún más. Es el único que parece un animal inventado, hecho con pedazos de otros animales. Los mellizos Portillo son los monos locos. El Gordo, un elefante lastimado. Ilich, un Bambi sin mamá. El hermano de Medusa, el oso malvado de la pandilla pero vestido de asesina con peluca y la bata de su madre muerta.

Los departamentos de la Resi son habitados por cientos de hijos drogadictos. Hijos que durante años han robado a sus madres teñidas de rubio, madres solteras, maltratadas, abandonadas, traicionadas por hombres, hasta matarlas del disgusto y la pena, y probablemente de inanición. Ahora sus casas hipotecadas son oficinas sucursales de la droga. El Ave, sentado entre los demás con su cara de pájaro y su cuerpo de bruja, tiene a su madre muerta embalsamada en una habitación de su casa. Es la broma favorita de Pisco: El Ave ha vendido todas las cosas de su madre para comprarse droga y un día venderá también su cadáver en el mercado negro. Da escalofríos verlo siempre en lo alto del edificio en alguna crisis paranoica, vigilando desde su balcón como un cóndor en la montaña.

—¿Saben que ella tiene muchos libros en su casa?

Lo hizo otra vez. Pisco suele avergonzarme mostrándose orgulloso de mí en el momento menos pensado, solo por no ser analfabeta como él.

—Deberían escucharla hablar. Iba a estudiar para ser astronauta en Rusia.

Todos quieren reír pensando que es una broma, pero no pueden, se les tuerce la boca al intentarlo, mueven alguna ceja, elevan la barbilla y sacan la lengua una y otra vez como batracios cazamoscas.

—Y juega muy bien al ajedrez, a mí me revuelca.

—Ah ¿sí? —dice alguien por fin—. Te reto a una partida, niñita.

El hermano de Medusa habla en serio. Yo solo sonrío a medias. Veo sobre la mesa del comedor la montaña blanca, un pico nevado de polvo y pequeñas rocas brillantes solo para escaladores competentes. Nunca vi tanta cocaína junta. Pisco toma un puñado con su tarjeta y arrastra dos rayas hacia mí. Mientras aspiro con un billete de diez mil intis con la cara de César Vallejo me dice al oído si no me importa que el hermano de Medusa, el financista de la droga, me toque un rato las tetas y las piernas en el sofá; se lo ha pedido a cambio de drogarnos con ellos toda la noche. Solo debo ir, sentarme con él en el salón a jugar al ajedrez y ya él hará lo necesario. No le encanta verme con otro hombre, me lo jura, es más, lo abomina, tendrá ganas de matarlo, pero todo estará bien porque él me cuidará a pocos metros y porque ese es un viejo de mierda, perdedor y olvidado al que esta noche le regalaremos unos minutos de humanidad a mi lado.

Podía haberse detenido después de la primera frase porque, como todas las veces, haré lo que Pisco me pida. Y esnifo dos rayas más y voy a donde está el hermano Oso esperándome, muevo mi peón negro, él mueve el suyo, saco el caballo, lo amenazo con mi reina y al darme por suya me atrapa rápidamente con sus garras, me coloca donde quiere y siento cómo aprovecha el tiempo, la oscuridad y el permiso de mi hombre. Tose, para un poco y me dice algo bajito al oído.

–Éramos una orilla.

Eso dice, creo. O tal vez dijo cuidado con mi rodilla, pero yo pienso: Tiene razón, éramos una orilla, porque la orilla es ese punto en que se tocan dos límites. Me aspira como una raya de polvo hasta rajarse la garganta, me lame la cara, me muerde los brazos, me estruja entera, trata desesperadamente de encontrar con esas manos de monstruo algo que se le ha perdido con los años.

Íbamos a vivir toda la vida juntos.
Íbamos a morir toda la muerte juntos.
Adiós.

Busco la cara de Pisco como se busca un cuarto de piedras frías para volver a respirar, pero en cambio encuentro al pleno de la asamblea animal expectante, avanzando velozmente en bloque, alargando sus manos hacia mi cuerpo cada vez más fuera de mí, porque eso pasa, el alma no se ha ido, se ha ido mi cuerpo de mí. Entonces siento un estruendo turbio, carnoso, casi líquido, algo se aleja de mí y cae. El tablero sale volando por los aires, se desploman mis fichas adoradas en todas las direcciones. Y no, no es Pisco, es Medusa destrozando enloquecido la cara de su hermano mayor contra el suelo. Sea como sea, su intervención me ha salvado. Le ha robado, le ha robado al hijo de puta de Medusa, oigo decir, y no entiendo quién ha robado a quién. O si soy yo una especie de robo o un mal canje entre la escoria, como la propia cocaína pateada. Que quizá por cosas del negocio yo debía haber acabado en los brazos de Medusa y no en los de su hermano. Ya no sé distinguir quién me cuida y quién me ha puesto en peligro. Veo a varios sacar ventaja del caos para embolsarse una parte de la montaña nevada y salir raudos por la puerta. Oigo un vámonos y siento unas manos recolocando mi cuerpo y regresa la luz justo en ese momento y toda la Resi se ilumina a la vez como si hubiera caído la bomba atómica que nos merecemos.

Cuando se encienden las luces puedo ver, durante un segundo fugaz, al microtraficante de mierda que tengo a mi lado, alguien que adultera lo ya adulterado para verles la cara de imbéciles a otros más imbéciles que él.

Yo le ayudo a hacerlo. Qué más da. Ya no seré cosmonauta. Ni orbitaré durante horas la Tierra, no tomaré notas en mi bitácora de viaje, ni haré fotografías del horizonte. Al volver a entrar en la atmósfera no caeré con un paracaídas radiante sobre un precioso campo de trigo en Kazajistán. Además, la estación MIR se ha quedado finalmente vacía por falta de presupuesto. El cosmonauta Serguéi Krikaliov salió como soviético en la Soyuz TM-11 hacia la MIR y seis meses después, cuando aterrizó, la URSS ya no existía, probablemente ni él existía, y nosotros menos. Le llamaron «el último ciudadano de la Unión Soviética» porque al volver volvió como otra cosa. Creo que como ciudadano de la Federación Rusa o algo así de insulso.

Ya no seré cosmonauta pero soy el amor. De alguien. Y soy la que lo sigue hasta su casa cuando no hay nadie. Voy con Gorbachov. Mi perro se vuelve loco ante la imagen de Ziggy encadenado merodeando por sus dos metros cuadrados de patio, le ladra envalentonado. Nos sentamos en el suelo y ayudo a Pisco a hacer los falsos de coca, unos pequeños sobres de papel doblado como origami. Pisco me ha enseñado a cortar, a patear la coca con polvo de hornear. Me dice llama a Pamela, dile que venga. Ella me cuenta por teléfono que su padre, que es secretario general de la enésima escisión de alguna nueva facción de la fracturada izquierda, ha comprado una videocámara de segunda mano en su viaje a China y puede bajarla un rato para grabar a Ziggy.

Pamela, mi vieja amiga del Atusparia –dejé de verla cuando la cambiaron de colegio después de la muerte de Lanceros pero hace poco volvió al barrio–, se mudó a nuestro edificio, es nuestra vecina. Creo que nos tocábamos desde siempre, desde niñas, en su cama, después de jugar con sus barbies y repasar el ruso. Cuando Pisco me mostró por primera vez en VHS porno de lesbianas se lo conté. Y una noche le pregunté a Pamela si se acostaría con nosotros y empezamos a hacerlo, aunque en la práctica no sé, nunca nos acostamos, lo hacemos de pie.

Le abro y, como cada vez que la veo, siento esa descarga dolorosa que me empapa el calzón y me llena de miedo de que me robe a Pisco con su belleza y su locura, pero lo primero siempre es más fuerte y recurrente. Quiere ser actriz, lleva unos talleres de teatro y no deja de actuar en la vida. Me desespera un poco su performance constante, pero lo prefiero a tener que ser yo la que anima la vida. Me quiere como te quiere un perro, sacando la lengua, moviendo la cola, con candor y torpeza. La llevo a la habitación donde está Gorbachov atado. En el suelo refulgen los falsos de un gramo organizados en grupos de mayor a menor pureza; Pisco sentado sobre el parquet, mezclando polvos blancos, yo calmando a Gorbachov, cada vez más desesperado por escapar. Pamela y yo nos besamos y atraemos a Pisco hacia nosotras, nos enredamos un rato en el suelo con cuidado para no hacer un desastre y echar a perder el negocio. Nos metemos la mano, nos chupamos un poco, Pisco nos pone unos pellizcos en la nariz y unos besos en la boca. Gorbachov tira de su correa ladrando con más fuerza.

La cámara del papá de Pamela es un aparato alucinante, son de las primeras digitales que graban en HD. Yo nunca había visto una. Nos muestra en la pantallita todo lo que ha ido grabando estos meses en la cinta de noventa minutos que se ha quedado para ella y donde dice que captura instantes e imágenes artísticas: hojas y flores de los jardines; a su hermano en el baño; las nubes; a ella misma mirándose desnuda en el espejo. Pisco se la quita, la enciende y empieza a probarla con mi cara. Qué hermosa eres, mi amor, me dice. Yo me río, nerviosa y enamorada. Luego graba la cara de Pamela, le dice tú también eres presssiosa, y la voltea para grabarse a sí mismo canturreando soy el Pisco y estas son mis mujeres, a ver, saluden, chicas. Lo odio por decir eso, le lanzo una mirada de reprobación y vergüenza.

Gorbachov es un desequilibrado y temo que le dé un ataque de epilepsia en este momento. Pisco se prende un troncho y le sopla el humo en su cara peluda y atontada. Vamos a stonearlo para que deje de joder, dice, y a Ziggy también, y va y les humea la cara. Ya verás cómo te gusta, precioso Ziggy Marley. Pamela está grabando y ya no para. Filma un buen rato a Ziggy humeado dando saltos mínimos en su cautiverio, mientras Pisco y yo discutimos sobre lo que hará esta noche con esa coca. No va a llevarme a la fiesta, dice, es trabajo. Pamela graba la pelea. Me sigue al baño, me graba meando. No puedo creer que estés grabando esto, le digo, ten cuidado, que nos vamos presas. Ella ríe y como está loca mete una mano entre mis piernas y deja que mi orina le bañe la mano. Se graba la mano mojada y salpicante. Estás reloca, le digo. A ver, canta en ruso, me pide sacudiéndose la mano. No, ni cagando, no. Por favor, por favor, como cuando éramos niñas, y empieza ella primero: Esmiela tabarish ifnogu... Por favor, tú lo pronuncias mejor. Es una canción comunista para cantar a los compañeros que se van a luchar. Canto para su cámara y Pisco se tira al suelo y aprovecha que ella está de pie detenida, filmando, para meterle los dedos, la lengua, por un ladito del calzón, se lo quita, se lo tira a Gorbachov como un hueso, me enseña que mi amiga no tiene nada abajo. Basta ya, les digo, pero él sigue y ella se contonea de placer sin dejar de grabar mi histeria. De alguna manera rápida y feroz entiendo que han estado viéndose sin mí, los puedo ver nítidos detrás de las noches de insomnio y abstinencia en mi cama vacía de adolescente, bajo el cuadro horrible que me regaló Pisco con su nombre dibujado con los colores de la bandera rastafari. Los imagino revolcándose en el entresuelo de Los Pinos, que es como decir en nuestra suite matrimonial, donde aprendimos a darnos amor. Cojo un falso de los buenos, me meto varias ñiscas, Gorbachov me muerde el zapato, lo pateo furiosa. Pero él vuelve a buscarme, cree que es un juego. Me tiene harta. Cojo un buen puñado de coca y lo meto en la boca de mi perro. Qué haces, qué haces, oigo. Deja de grabarme, quita la cámara, perra, hija de puta, aléjate de mí, aléjate de Pisco, vete de mi casa. Por fin baja la cámara. La empujo, la cámara cae al suelo, la tiro del pelo, la pateo, hasta quedar engarzadas. Ella se defiende con pocas ganas. Pisco me arranca de ella, por fin, nos separa. Gorbachov empieza a convulsionar. Estamos llorando y gritando las dos, rodamos por el suelo, sobre los falsos que se abren y desmontan, el polvo esparciéndose como una pequeña nube entre el techo y el aire. Libero a Gorbachov, que respira muy extraño, dando bufidos. Pamela se incorpora, agarra la cámara y sale corriendo de la habitación, de la casa. Sé que no volveré a verla.

Pisco me retiene contra el suelo para evitar que vaya tras ella, qué has hecho, qué has hecho, me dice suplicante. Lo beso y le digo que me la meta ahora. Y él lo hace. Me lleva a su cama, me penetra con dureza, grito porque quiero que Pamela oiga que Pisco es solo mío. Y ya no oigo más sollozos, digo los míos, porque dejo de llorar, hasta de respirar. No oigo ni los ladridos de Gorbachov. No los oigo porque Gorbachov está muerto.

Se cuenta que en la Resi disparan a los perros y se los comen, que un día vieron merodeando a un jabalí y a una patrulla de ratas más grandes que mi cabeza.

Se lo cuento a mi familia. Envenenaron a Gorbachov, mamá, abuela. Y no miento. Lo enterramos Pisco y yo en un jardincito.

Pero en casa hay problemas peores que el asesinato de nuestra mascota. Llevo meses sin ver a mi padre, no volverá, lo he dado por perdido. Mi madre anda un poco borracha desde entonces. Es el tipo de madre que da marcha atrás con el carro y se lleva sin querer por delante a su hijo. Mi abuela mueve el bastón en el aire como si hubiera visto al Anchancho, el enano de las minas, o algo así de aterrador que nadie más puede ver. Mi abuela es como un perro que ve fantasmas.

Una noche oigo gemidos y ahí está mamá, tendida en el suelo, boca abajo, completamente desnuda, así como la ha dejado mi padre, varada no en una playa sino en una orilla de parquet inverosímil, arrastrándose a velocidades de oruga hacia delante, hacia atrás. Es como encontrarla muerta. La cambiaron por otra: la hubiera tapado con hojas de periódico si hubiera tenido uno a mano. ¿Por qué está desnuda? ¿Cómo llegó ahí? ¿Un ángel la transportó hasta casa para ponerla a salvo y hundirme a mí, que no sé qué pala usar para recogerla? ¿Por qué no la despellejaron viva y se llevaron su piel para hacer abrigos para un pueblo entero de niños ateridos? ¿Por qué no le clavaron un palo y la asaron para alimentar familias hambrientas? ¿Por qué estaba boca abajo, inerte, como esperando un masaje? Una posibilidad es que estuviera tratando de llegar a algún lado, y cayera y siguiera avanzando, como hacemos todos. Pero yo no pienso en lo más lógico, pienso en lo más monstruoso, no puedo evitarlo. La imagino frotándose ansiosamente contra el suelo. Acercando su desnudez a algo que es horrible, como el placer de una madre. No sé por qué la desnudez de una mujer de cincuenta años me hace pensar en cosas repugnantemente sexuales. Será el porno. Mi madre despierta brevemente, se da cuenta de lo que pasa y llora, se enfada, le duele la humanidad de la escena, reconocer después de tiempo la dulzura de una hija. La dulzura de los hijos perdidos de la droga.

Después de acostarla, tratando de no hacer ruido para no despertar también a mi abuela, me miro en el espejo de mi vieja habitación y me avergüenza todo de mí. Me avergüenza la muerte de Gorbachov. Me avergüenza mi casa, mi vida. Mi adicción. Me avergüenza el amor por todo lo que me destruye, como mi familia. Me avergüenza Pisco.

Mi madre me llama, quiere que duerma con ella, me promete cambiar. Si no lo hace sé que me convertiré en una hija promedio de la Resi, durmiendo con los cuerpos muertos de mi madre y de mi abuela, vendiendo sus pobres cosas para comer.

Un día antes del primer aniversario de la caída del muro, nos enteramos de la muerte de Medusa. Ha aparecido asesinado de un disparo detrás de su edificio. Hasta ahora la muerte ha sido para mí un acontecimiento a gran escala, que tiene que ver con horribles guerras, con soñadas revoluciones truncas. Con este país doloroso. Las matanzas en los Andes. Las bombas en la ciudad. La desaparición y masacre de estudiantes. Lanceros acribillado en la puerta de su casa por «cerdo traidor». Alina violada y empalada en Moscú. Pero son los noventas y esta es otra clase de muerto, un muerto sin discurso, un muerto de mierda. Uno que muere sin épica alguna, uno que se patea debajo de la mesa porque afea el paisaje y huele mal. Los muertos a mi alrededor han empezado a ser así.

Los rumores se extienden por toda la urbe. Ajuste de cuentas. Parapolicías. Venganzas personales. Recuerdo cómo hace un año reventó a su hermano el día del apagón. Pienso en el Tío y en su cara de hijo de puta y en sus ganas de tener el monopolio de las drogas de la Resi. Pienso en Pisco celándome y entregándome a los perros.

Los días posteriores casi no salimos. No pasamos por el Point. No hablamos con nadie más. No hay quien duerma en la Resi. En los meses siguientes, el hermano de Medusa desaparece. Uno de los mellizos Portillo se tira de un puente. El Ave deja su guarida en las alturas. Willy Mumy abandona su esquina y llega otro cambista de dólares para sustituirlo. El Gordo tiene alucinaciones con arañas que le recorren la espalda. Circula el rumor de que Ilich se suicidó porque una voz del Ágora lo llamaba. Uno de los efectos de la mala cocaína es imaginar a la policía siempre al acecho. Y ahora que realmente los tombos se pasean por los pasillos de la Resi buscando culpables y llamando al orden, la paranoia llega al clímax como si esperáramos la Gran Purga. Pisco me pide dejar de vernos un tiempo hasta que las cosas se normalicen, solo hablamos por teléfono para calmar un poco el mono.

Finalmente, cuando menos lo esperamos, dos carros de policía se estacionan frente al edificio del Tío y montan un operativo en su casa. Seguro han encontrado una buena cantidad de coca porque un rato después lo bajan esposado, detrás va su mujer en bata, tan fría y oscura como él, los dos perros los siguen. Pisco está seguro de que será el siguiente en caer, el Tío va a incriminarlo, van a culparlo de la muerte de Medusa y quién sabe de qué cosas más.

No sé cuánto tiempo pasamos así, semanas esperando algún desenlace imposible, pero por fin una noche toca el timbre, estoy tan feliz de volver a verlo, bajamos las escaleras hasta su casa, abre la puerta y lo que veo me espanta, mejor dicho lo que no veo. No hay muebles, no hay nada, la casa de su madre está irreconocible, salvo por algunas cajas, ropa tirada y el Ziggy encadenado.

—Nos vamos, nos estamos mudando, mi mamá quiere irse.

Y tengo la primera arcada del futuro vacío, vuelve el mono loco a saltar dentro de mí, mis ansias como lianas que coge al vuelo para tirar de mí. Me duele el cuerpo como si ya fuera el mañana sin él, porque llegará tarde o temprano esa necesidad dolorosa de lo perdido. Toda mi existencia depende hoy del hábito de andar con ese hombre y drogarme con él. ¿Qué va a ser de mí sin mi microdosis?

Cae la noche en el piso desmantelado. Esta vez no estamos en medio de un apagón pero sí a oscuras. El nuevo Dictador y su Servicio de Inteligencia han derrotado a los subversivos levantados contra el Estado, a los cabecillas los ha vestido con traje a rayas y metido dentro de jaulas para humillarlos ante todo el país, han sido juzgados por jueces sin rostro y purgan cadenas perpetuas.

El tirano de turno robará todo lo que pueda del dinero de los peruanos, violará derechos humanos, hará desaparecer a personas, ordenará crímenes de lesa humanidad, comandará grupos paramilitares, tomará y saqueará las instituciones, los medios de comunicación, y esterilizará a la fuerza a miles de campesinas mediante una operación militar para eliminar a pobres e indígenas. Todo el mundo lo sabrá y será condenado. Queda muy poco para que llegue su final.

Pero por lo pronto ya no hay apagones en Lima. Somos nosotros los que no queremos encender la luz.

No sé si sabes lo que quiere decir adiós.
Adiós quiere decir ya no mirarse nunca,
vivir entre otras gentes,
reírse de otras cosas,
morirse de otras penas.

Pisco quema un mixto en su boca y uno en la mía. Siento la bendición del alivio físico y la excentricidad mental del pastel, me difumino. Nuestras sombras se proyectan en la pared gracias a la luz del alumbrado público filtrada por la ventana y a los dos ojos de fuego parpadeantes de nuestros cigarros. Esta vez cada uno fuma del suyo, tumbados en el suelo, mirando al techo, a solas con nuestras cabezas de base humeante.

Me levanto del suelo, me tambaleo, y el humo se traga las palabras.

Paso los días arrastrando mi pena. Todo va a cambiar otra vez.

Mi abuela dice te llaman por teléfono, ch'iqui imilla.

—Se lo llevan, se llevan al más bello, al Ziggy, se llevan a mi hijo querido.

Pisco rompe a llorar al otro lado de la línea. Me dice baja, mi amor.

Lo encuentro con Ziggy Marley en brazos, lo besa en la boca, lo acaricia. Yo, prudente, no me acerco demasiado. Es la última señal del nuevo fin del mundo. Sin Ziggy este paraje quedará cercenado por completo de magia.

—Una llamada anónima… Alguna vecina hija de puta de esas que siempre nos miran mal. Qué saben ellas de nosotros, de lo que nos queremos, Ziggy.

Casi no puede hablar de la pena y pone un disco de Marley, encadena al ocelote otra vez al muro del patio y nos abrazamos un buen rato. Bailamos reggae como si fuera un vals fúnebre.

—¿A dónde lo llevan? —pregunto.

—A una reserva en la selva, un santuario de animales, va a estar bien pero yo no, nunca más. Qué haré sin mi gatito.

Le seco las lágrimas a mi novio, iremos a visitarlo, le prometo. Iré a buscarte a tu nuevo barrio y juntos viajaremos a ver a Ziggy, correremos los tres libres por la selva, será hermoso verlo en medio de todo ese verdor, cazando su comida, al lado de su nueva manada. Leí que los tigres recuerdan más que las personas. Cuando vuelva a verte, te apretará el cuello con sus garras acolchadas. Ni yo ni él te olvidaremos. Entonces tocan la puerta. Son de la organización defensora de animales, vienen a llevárselo, ahora sí. Entre dos personas consiguen meterlo en una jaula. Ni preso pierde la seriedad y la elegancia.

El teléfono estaba en las páginas amarillas. Fui yo la que marqué y di aviso. Más allá de pensar en la imbecilidad de tener un tigrillo en un piso de la Resi, también lo voy a echar de menos.

EL AIRE

Ucayali, 2028

Podría acostumbrarse a los cebos del sistema. A la ternura del mono que ahora es su mascota. A su bostezo prehistórico. El autorretrato oblicuo que le devuelve su reflejo cuando se rascan a la vez.

Una cárcel al aire libre tiene una trampa hacia dentro. Hay algo perverso en no ser libre y cada mañana despertar romantizando el canto de los pájaros. Que sea una cárcel sin muros ni candados no significa que se pueda huir de ella. Hay varias maneras de estar presa. Muchas formas de quedar atrapada en una jaula abierta. A la cárcel se la lleva dentro, como a Atusparia, como a la Resi, como a la revolución.

Algunas tardes le cuelga al mono una suerte de banda presidencial que le regaló una compañera por su cumpleaños. Corta un pedazo de manzana y se lo ofrece al mono presidente a cambio de que haga lo que le enseñó, pero el bribón roba la manzana de su mano saltando de rama en rama y le escupe trocitos desde lo alto, imitando su pose solemne de líder carismática.

Hace algunos años escuchó a alguien definir la esclavitud de una manera muy precisa: esclavizar a alguien es como atarse un cadáver al cuerpo. En ese método de tortura, la víctima enloquece de asco y horror al ver cómo se va descomponiendo el otro cuerpo a su lado. Así se siente ella, arrastrando un cuerpo inerte y a la vez como si el muerto la arrastrara a ella, doblemente esclava. Según la parábola, un pueblo que esclaviza a otro se condena a sí mismo a la esclavitud. Se le ocurrió que si alguna vez hacía una revolución podría ser más persuasivo, como parte de la comunicación política, ofrecer liberar al amo del siervo que hacer lo de siempre.

La suya es una estación fantasma en la línea de metro de la Historia, pero al menos, con los años, se ha movido de sitio y ahora ya no mira la ventana. Ella es la ventana, mucho más vieja, más arrugada. El mono desciende alborotado y ambos se reflejan en el agua, entre las hojas acorazonadas, como en el autorretrato con mono.

Al sitio se le conoce como colonia penal El Aire porque su segundo objetivo, después de acoger a las convictas, es llevar a término la colonización del territorio aún salvaje. A veces entre ellas se llaman «las colonas» e imaginan a las hormigas, los perros flacos, los monos desadaptados como sus súbditos.

En El Aire la libertad es una condena. Se le ocurre esta idea y rompe a reír al volver a notar la paradoja. El Aire. A menudo recuerda que conoce más significantes que significados. Y esta extraña vida de las palabras ajenas dentro de ella está irremediablemente unida a su vocación política y a su sentir vagamente utópico.

Aunque la envuelvan vientos alisios de las profundidades de la jungla, hay días que no puede respirar.

En los años veinte del siglo pasado un presidente-general mandó a construir esta cárcel aislada para prisioneros de altísima peligrosidad y penas largas conocida como Colonia Penal Agrícola del Sepa. Nadie quería acabar aquí. Rodeado de pájaros azules y árboles descomunales, sin calabozos, ni rejas, ni cercas electrificadas, ocupado todo el día en tareas agrícolas y ganaderas, el recluso se enterraba en vida, aunque fuera una muy silvestre. Era muy raro recibir visitas en El Sepa, pero si el convicto mostraba buena conducta podía solicitar la compañía de su familia en esos años de cautiverio; literalmente podía condenarla a vivir presa a su lado, lo que no se diferencia mucho de una convivencia familiar normal. No era propiamente la plenitud, pero para un criminal se le parecía mucho.

Cuando un gobierno encarcela injustamente, piensa mientras lava una mañana algo de ropa, el sitio más justo donde estar es la cárcel. No recuerda quién lo dijo, pero tenía toda la razón.

Recordaba haber visto hace muchos años un documental sobre El Sepa y haber pensado que, si su destino iba a ser acabar sus días en una cárcel, ojalá poder hacerlo en una abierta como esta.

Cuidado con lo que deseas, piensa ahora dando su primer paseo de la mañana entre los huertos de camu camu y aguaje. Luego de décadas de haber sido clausurada y de funcionar como un centro ganadero propiedad del Instituto Nacional Penitenciario, la cárcel fue puesta en funcionamiento nuevamente. Muchos expresidentes que habían prometido su reapertura no cumplieron, presionados por las organizaciones de derechos humanos. El antiguo dictador había construido otro tipo de cárceles. Pero la nueva dictadora hizo realidad esta fantasía de muchos. El nuevo Sepa, ahora conocido como El Aire y convertido en cárcel de mujeres, alberga a las enemigas del régimen, las criminales de nuevo cuño cortesía de los últimos movimientos emancipadores, casi todas presuntas y muchas aún en prisión preventiva.

El Aire es el lugar ideal para encerrar a la «candidata del pueblo» y mantener neutralizada su influencia. Así se llama todavía a sí misma, solo a veces, cuando pierde la esperanza y el sentido del ridículo: candidata a qué. Y de qué pueblo. Su país es desde hace un año este infierno verde de 32.000 hectáreas y mil mujeres con las que soñar un motín. Aquí puede fundarse la utopía de la cárcel feliz, la colonia en selva virgen, la prisión sin barrotes para la ansiada reinserción social de las terrucas. Pero apenas es este basurero de la Historia donde mandar al olvido a presas políticas como ella.

Este lugar acoge a todo tipo de «elementos rebeldes», como puede leerse en el decreto constitucional que reabre El Aire. Se trata de líderes indígenas antimineras detenidas en las últimas manifestaciones, defensoras de la tierra que ya han hecho perder al Estado varios millones, simples opositoras, dirigentes de izquierda y toda la lista de sediciosas del orden. Sus vecinas más próximas son una exalcaldesa de izquierda corrupta, una poeta que hizo estallar una granada en un recital, la secretaria general de un partido ilegalizado y un centenar de profesoras sindicalistas.

En algunos momentos del día se enfrenta al absurdo, a la irrealidad de su captura. Entonces trata de salir del pasmo, de distraerse buscando algo tangible, como una ortiga o una piña, algo que le pinche los dedos y la despierte.

Esas dos que están allí fumando son una pareja de presuntas apologistas del terrorismo y hay noches en que no le importaría atender a su cortejo. Esta no sería su revolución si no se diera un gustito de vez en cuando. Pero no tiene tiempo de hacer caso a ninguna parte más de su cuerpo que a estas vísceras. De alguna manera, siente que ella y solo ella pagó por esa ley no escrita según la cual las más nimias estupideces de la carne siguen determinando los acontecimientos más importantes de un país o de la humanidad.

Hay en esta prisión un pacto tácito: allá fuera acechan cocodrilos hambrientos y se esconden trampas mortales. Cada dos por tres los funcionarios atizan el miedo con esta idea. La amenaza no se pone en duda. Ninguna rea quiere comprobar si le han mentido. Ninguna prófuga ha regresado viva ni ha aparecido muerta. Tampoco se han ido nunca. Lo que ocurre fuera queda en la región del mito.

Para llegar aquí hay que viajar varios días por carretera, navegar otros tantos y tomar un vuelo en helicóptero. Por eso funciona la más simple y naíf advertencia de la autoridad. No lo intenten. Y ellas escuchan. No están aquí por ser obedientes. Se lo dicen los guardias como a unas hijas tontas o temerarias: La curiosidad las puede matar, más allá están las sombras, más allá está la locura, más allá está la muerte. Más allá también estaba el poder. A ella le mordió el poder, le arrancó una mano.

No fue mala idea meter al penal su manual de idioma ruso. Le sobraba tiempo para estudiar esa lengua abandonada en la estepa. La había matado como se mata algo vivo dentro de una y ahora se disponía a recuperarla con extrañas maniobras de reanimación boca a boca.

El alfabeto ruso está compuesto por 33 letras. Tanto tiempo después, poder dibujar todavía esas extrañas figuras en altas y bajas le daba cierta satisfacción, la hacía sentir especial; conocer su fonética la conmovía. Podía pronunciar palabras aunque la mayor parte de las veces no conociera su significado. Le pasaba lo mismo cuando cantaba. O cuando leía. Y esa era la metáfora perfecta de cómo funcionaba el comunismo en sus pequeñas colonias psicolingüísticas y pseudoculturales. Algunas veces creía que era algo mágico conservar aquella media competencia casi inútil. Otras tantas pensaba lo infinitamente absurdo que era saber algo de ruso y no saber nada de aymara o quechua.

En la portada del libro de color blanco sucio hay un dibujo: una niña le enseña ruso a un perro, a un gato, a un cuervo, a dos pajaritos, a una muñeca y a un oso de peluche. ¿Así de generosos, como esa niña rubia bien peinada con lazos rojos, se sentirían sus profesoras de ruso ante la mirada perpleja de los alumnos peruanos, alegres animalitos negados para la palabra?

Cualquier mañana rodeada de la fauna de El Aire podía viajar a través de las preciosas ilustraciones de los libros soviéticos.

Gracias a esas imágenes se había hecho una idea multicolor de los viajes interestelares. La belleza siempre ha ayudado a transmitir mejor la ciencia y la política. En esas páginas estaban los imborrables dibujos de su infancia, cuando aprendió a nombrar las cosas con otra lengua por primera vez. El salón de clase. El librero. La ventana. La puerta. La mesa y la silla. El niño. La niña. Escribir. Leer. El cuaderno. El lápiz. La regla. La lámpara. Los portafolios. La pizarra. El patio. El ajedrez. La pelota. La comba. La maestra. La alumna. La niña que baña a su muñeca. La que despierta y desayuna con su gato. La granja de animales. El invierno y los niños con la ushanka, el gorro ruso peludo con orejeras. Y la página del nabo, por supuesto, uno enorme que el abuelo no logra arrancar, entonces viene la abuela y tampoco pueden, llega la nieta y ni así. El perro, el gato se suman al esfuerzo, pero solo cuando viene a ayudar un minúsculo ratoncito consiguen entre todos sacar el nabo.

A veces le da por fumar en uno de los miradores desde donde puede ver el río Sepa en su desembocadura, el momento preciso en que este besa en la boca al río Urubamba. Este latifundio de cultivos de café, cacao y árboles frutales alguna vez fue propiedad de una colonia de polacos que terminó por vendérselo al Estado peruano, y a este no se le ocurrió mejor idea que convertirlo en prisión. No solo delincuentes pasaron por aquí. En los sesentas ya había sido usada como cárcel política de líderes campesinos. Y en los setentas fueron un centenar de profesores del sindicato nacional de maestros los que pasaron meses en este pedazo de la Amazonía.

Uno de los últimos ataques armados de Sendero Luminoso, antes de ser derrotado por la dictadura, fue a la colonia del Sepa. En ese momento ya solo había nueve asesinos, dos violadores, dos narcos y un ladrón que fueron trasladados a otros penales. Al final solo quedó un hombre, Juan de Dios Castillo, así se llamaba, quien sí terminó de cumplir sus veinticinco años de condena junto a una mujer amazónica, un niño y ochenta cabezas de ganado.

Posa la mirada en un tronco que bulle de tangaranas, un tipo de hormiga ponzoñosa de color rojo y amarillento brillante que habita el árbol del mismo nombre. Ver su veloz circulación por las venas de este palo santo siempre la hipnotiza, pero hay que mantenerse lejos, su picadura es dolorosa, da fiebre y enferma hasta la muerte.

El Aire es un nombre mucho más irónico que el Sepa. Los tránsitos de la identidad son misteriosos. Su propio nombre, por ejemplo, un día dejó de servirle para explicarse. En ese instante comprendió algo: el olvido pasa por recordar algo aún más olvidado. Y ella recordó de dónde venía: ella venía de su educación.

Algunas brisas del infierno verde se cuelan en su memoria pero ahí está fijada Asunción Grass, treinta años atrás, pidiéndole dar una conferencia sobre la vida de Atusparia ante toda la escuela. La recuerda convenciéndola de la dimensión shakespeariana de la tragedia de Atusparia.

—Créetelo, tú eres Atusparia.

Claro que se lo creía. Antes de ser Atusparia ella había sido un extraño juguete sin nombre. Pero desde entonces no tendría otro.

Su educación también era su abuela. Es otra de las revelaciones del bosque cautiverio. La madre de su madre, esa mujer aymara, insumisa, no soportaba la idea del indio arrodillado. No hay cementerios suficientes para tantos indios débiles, cazados como ciervos por sus amos, decía.

En los cuentos de su abuela había jardines donde los patronos habían sembrado las orejas cortadas de los indios desobedientes. Ella estaba dispuesta a dar sus orejas. En esos pastos las flores escuchaban el dolor del mundo, el de su abuela por ejemplo, el relato impotente de la muerte de su esposo, el abuelo, su achachila, en una mina, la imagen de su cuerpo volando en pedacitos de amor. Esa señora nacida al pie del lago Titicaca no había dejado a nadie cortarle la lengua de india que le salía como una cola por la boca. Pero a su nieta no quiso dejarle en herencia esa tristeza. En Lima no se habla indio. Muchas veces la escuchó hablando sola, pronunciando furiosamente la lengua hiriente de los collas, como si estuviera dando discursos, pronunciando un muerto del pasado por cada sílaba rota. Pero también tenía, como toda aymara, un manejo único del silencio.

Atusparia es la historia de su abuela. Lo piensa o quizá lo dice en voz alta. Guarda la frase en su mente, podría serle útil para un futuro discurso político o un libro sobre su vida, la apunta en el cuaderno, por si acaso.

En ese instante, ve emerger decenas de murciélagos volando de sus nidos en la capilla hacia la noche de la cacería. Y otra vez se ve lejos de esta granja selvática, muy atrás, en el escenario del colegio, diciendo su monólogo de memoria:

−Yo, Pedro Pablo Atusparia, nací sin nombre en 1840, en una ciudad de la sierra central del Perú. No conocí a mi padre. Mi madre era empleada del hogar. Mis patronos me dieron en adopción a una familia campesina de apellido Atusparia. Era analfabeto pero llegué a ser alcalde de mi pedanía. En 1885, junto a otras autoridades quechuas, demandé al prefecto la exoneración del tributo indígena y del impuesto de la República. Denuncié los constantes abusos de los gamonales, que, además de arrebatarnos nuestras tierras, nos pagaban unos salarios paupérrimos y cobraban diezmos. Encabecé una rebelión y el ejército del Perú nos arrasó a miles, nos mataron a todos. Estoy muerto.

Esa mañana su abuela la había peinado tejiéndole dos gruesas trenzas para hacerla convincente debajo de su sombrero. Cuando la vio coronada con esos signos de autoridad y nobleza indígena, le dijo ch'iqui imilla y se echó a llorar.

−Como a Túpac Amaru y Micaela Bastidas, me cortaron las trenzas para humillarme. Fui apresado y torturado, logré negociar mi libertad y nuestro futuro con el presidente, pero mis pactos fueron tomados como una traición a mi pueblo, fui envenenado por mis propios correligionarios comandados por mi mano derecha, Uchku Pedro.

La parte de la traición de Uchku Pedro era su favorita de la biografía del líder indígena. El dilema de Atusparia era un alma dividida entre persistir en una actitud moderada o ceder ante la radicalidad violenta de su lugarteniente. El drama de las rebeliones: sus luchas intestinas.

Hace años, a ella, la candidata del pueblo, la asaltaron angustias parecidas, cuando aún sentía cierta atracción por la figura extrema de Uchku Pedro, alguien que repudiaba lo occidental y clamaba por el regreso de los incas. Alguna vez tuvo la tentación de traicionar al tibio Atusparia que la habitaba y de seguir dentro de ella a las huestes de Pedro caminando hacia la utopía andina. Pero la radicalidad puede ser pasajera, piensa. Lo importante es no cambiar de enemigo: mientras Túpac Amaru había peleado contra la colonia, Atusparia lo había hecho contra la República, pero en algo no se diferenciaban: ambas esclavizaban al indio.

En las horas del día que dedica a estudiar las revoluciones junto a otras presas de izquierda, suele detenerse un buen rato en Atusparia y en los miles de indígenas que lo siguieron y fueron asesinados para acallar su rebelión. A nadie le importaron esas muertes, explica a las otras, porque en los Andes todo acaba así, con indios muertos fuera de la historia oficial.

Sin poder evitarlo, recordó una de esas frases de Scorza que tanto le gustaba citar a Asunción Grass: «En los Andes hay cinco estaciones: primavera, verano, otoño, invierno y masacre».

Ser nieta de campesinos y vivir alejada de su verdadera tragedia siempre la hizo sentir un poco sucia. En los días en que su viejo nombre dejó de hablar de sí misma, el país estaba viviendo en la quinta estación, o sea en otra masacre. Llevaba tiempo culpándose por no estar horadando la última espiral del sistema cuando sintió que ese ciclo ocioso y descreído llegaba a su fin.

Vizcacha, ch'iqui imilla, mi niña traviesa eres, le decía su abuela puneña, y ella creía ver en el cielo la luz de un relámpago que no terminaba de caer sobre el monte empobrecido. Cuando los Andes la llamaron para devorarla, cuando por fin se alejó de la burbuja turbia de Lima, aún podía escuchar esa voz de las tormentas.

Ahora en esta isla rodeada de depredadores de la que no se puede escapar, rayos y relámpagos caen casi todos los días mojando los corazones compungidos de las presas como ella, corazones en los que aún viven las rebeliones.

Lo peor de este lugar, sin embargo, es que se olvida poco. Los años en la Resi y los que vinieron después, tras el fin de la dictadura y los años del milagro económico peruano, apenas cáscaras de baba impronunciables, casi terminan con su capacidad de indignación, con su capacidad para cualquier cosa, y durante años encontró la forma de evadirse de sus responsabilidades, a las que solía poner el apellido de «históricas». Le enseñaron que todas las responsabilidades, hasta las más pequeñas, son históricas. Ella ya había escapado de algunas.

Su abuela y su madre habían muerto hacía años, una detrás de otra. Nunca fue una joven idealista, lo fue solo de niña, y ya nunca sería joven otra vez. Pero sí fue una mujer con una corazonada. Quiso estar a orillas del Titicaca y ver arder el fuego. Nada cambia sin los impulsos románticos, inútiles, como el que la llevó tan lejos.

Parece mentira, ¿no?, tener que explicar que un indio no es un animal, se pregunta en el instante preciso en que el mono consentido de la colonia le roba un peine, se le monta en la espalda y, sentado en la nuca, intenta pasárselo por el pelo.

—¡Mono, para ya, desgraciado! —se oye la voz de otra mujer que grita desde la cabaña de enfrente—. Como sigas así la presidenta te va mandar al más allá.

De vez en cuando alguna presa le recuerda con sorna su mancha. Y que nunca será presidenta, sino la eterna «candidata del pueblo». Ella se escurre con nerviosismo e intenta mentalmente seguir tirando del hilo, el puente entre sus vidas pasadas y este zoológico. Procura retomar el punto en que lo dejó antes de que el mono comenzara a fastidiarla, pero ya no están ni el punto, ni el mono. Así transcurren sus días, enhebrando discursos que ya no dirá:

«El indio no es necesariamente bueno ni malo, ni un buen salvaje, ni un ser lleno de pureza, ni un sanguinario terrorista o asesino, pero podría ser también todas estas cosas juntas».

Bla, bla, bla. La frase le parece buena, podría funcionar en algo mayor. De todos modos, decide incluirla en su cuaderno de ideas y discursos.

Se dirige junto a las demás al huerto de El Aire, hoy toca jornada de cosecha, arrancar los frutos maduros del cacao, abrirlos y extraer las semillas. Mientras su cuerpo se mueve mecánicamente, aún tiene tiempo de pensar una frase más, pero al volver más tarde al cuaderno la ha olvidado.

La noche anterior una de las presas intentó escapar en una canoa de servicio, pero no tardaron mucho en capturarla. Miren, mierdas, lo que les pasa a las pendejas, gritaba esa mañana una de las oficiales empujando a la mujer a culatazos hacia la celda de castigo, un cuartucho húmedo rodeado de alambres de púas y paredes surcadas por ríos de hormigas.

—Se queda sin paseos, sin plátanos, sin amigas, por putearnos. Ya les hemos dicho bien clarito. ¿Que qué hay fuera? Ya saben: ríos bravos, pantanos profundos, víboras y otorongos hambrientos. Yo nomás se los recuerdo, leidis.

Los loros imitan las palabras de la oficial: «Se queda sin plátanos, se queda sin plátanos». «Se los recuerdo, leidis. Se los recuerdo, leidis».

—Ya avancen o se quedan sin tragar.

Las presas se echan a reír hilarantes. Si Atusparia estuviera realmente aquí, con sus cinco sentidos bien puestos, vería en el comedor a sus compañeras pugnar por llegar primero al ollón de frijoles negros, trozos de yuca y moscas nadadoras. Pero Atusparia no está aquí.

Algunas noches sueña que vive, trabaja, tiene hijos en Wancho. La utopía andina existió con ese nombre. Por suerte, piensa, no hay que inventar las utopías de cero, las utopías de los vencidos siempre han estado ahí para quien quiera tomarlas.

Otra nación se construyó en una comunidad campesina, Wancho, Ciudad de las Nieves, Huancané, al norte de Puno, en 1923. Cansados de ser invisibles, explotados, olvidados por la Historia, los campesinos aymaras se rebelaron contra los abusos de los terratenientes, decidieron forjar su propia independencia del Perú y fundar la República Aymara del Tahuantinsuyo, sin explotadores, con su propio presidente, para establecer ahí otra capital, Wancho-Lima, calcando los planos de la todopoderosa Lima, con sus propios edificios públicos, mercados y escuelas a su imagen y semejanza.

La idea era recuperar las tierras que los gamonales les habían arrebatado. Para producir cada vez más lana de alpaca para el mercado internacional, desterraban a los comuneros, se apropiaban de su ganado y luego los obligaban a trabajar gratis en esos mismos campos, cobrándoles diezmos. Allí donde los patronos habían destruido una y otra vez sus escuelas clandestinas, allí donde los amos los querían ignorantes, los puneños levantaban otra escuela y otra más; solo querían una escuela definitiva en la que ofrecer a los niños educación intercultural y bilingüe.

Entre sus fundadores estaba Rita Puma, una joven maestra que creó la primera escuela rural de su localidad. Enterado de semejante audacia, el gobierno envió un barco llamado no tan paradójicamente Los Incas, un contingente de medio millar de soldados a caballo, armados de ametralladoras, fusiles, con la orden secreta de sofocar el levantamiento, destruir la nueva ciudad y matarlos a todos. La brutal represión acabó con la vida de dos mil campesinos. A la mayoría los fusilaron y tiraron sus cadáveres a los perros. A Rita la capturaron, la flagelaron, la torturaron, arrastrándola con una soga atada a la cincha de un caballo como hicieron los españoles un siglo antes con Túpac Amaru. Destruyeron su escuela, quemaron su casa y finalmente la ahorcaron en un árbol de eucalipto. Tenía veintitrés años.

Cuando Asunción Grass le contó esta historia, ella comentó que le parecía un cuento de Scorza porque todos sus cuentos son reales y terminan mal.

Al atardecer, a la hora en que el sol baja como un mango despedazado y un color cítrico, aterciopelado, se cierne sobre El Aire, los bichos y las bestias gritan como nunca. Los sonidos vuelan, rebotan sobre la copa de los árboles hacia otro refugio más íntimo, a la espera de que la noche se robe los colores. Emergen, entonces, con la oscuridad, lejanos gruñidos, tristes lamentos. Ellas, las presas, también gritan, lloran, insultan, se desgañitan, componen con los demás una armonía sorda.

Quizá una de las cosas menos inútiles para hacer aquí al final de la jornada, en las horas muertas que transcurren antes de acostarse, es tratar de identificar quién dijo qué en el coro de voces interespecie. A ella le gusta hacerlo un rato todos los días, quedarse quieta y escuchar el ronquido del caimán, a los sapos llorones, la conversación de los monos, el gemido de goce de los felinos, el zumbar desquiciante de los mosquitos, los ladridos de los perros guardianes, el dolor de las otras. Uno de esos sonidos, dicen los nativos, es el silbido largo del tunche. Según la creencia amazónica, es el alma en pena que vaga por la selva como un ave nocturna buscando paz para su espíritu, asustando a los vivos para contagiarles la enfermedad del desasosiego, para transferirles sus pecados y convertirlos en tunches. ¿Quién había sido su tunche? ¿Era ella un tunche?

Cuando el ruido atroz de la jungla se le mete a la cabeza como un gusano es como si se trasladara a una asamblea de las Ritas, sus viejas compañeras de militancia en la trinchera puneña que se autonombraron así para rendir tributo a la

Rita Puma de Wancho. Aunque sus reuniones emitieran ondas sonoras brutales y pasiones desarticuladas, con ellas aprendió que el peligro no hace ruido. Por eso en la selva le teme sobre todo al sigilo de las hormigas guerreras, las legionarias, ejércitos de marabuntas, obreras, soldadas y reinas, que acechan todas por igual.

Llegar tan lejos para quedarse diciendo cosas a un lado del camino, echando lo mejor de sí misma en la pira de los egos. Ser encumbrada acaso sea la versión barata de ser amada. Y con eso se había conformado.

Tuvo que verlo. Algo debió de interpretar de su progresivo y luego apabullante protagonismo; de los ojos que la seguían y en los que flotaba, como este nenúfar de río, la esperanza de la gente; de la cantidad de manos confiadas extendiéndose hacia ella; debió de palpar poco a poco el resentimiento oscuro de las Ritas y su cada vez más detestable pureza revolucionaria apuntándola, pero no lo hizo y siguió avanzando a ciegas, únicamente llevada por aquella dichosa responsabilidad, ya no por mera convicción sino por no ceder terreno a los verdaderos enemigos, el egotrip detrás del gesto sacrificial. También a causa de cierto complejo de enviada especial en el terreno y al aliento espeso de las oportunistas que la querían ver arriba, como mesías en la cruz. ¿Habría sido ahí, se había perdido justo ahí o un poco después?

Ahora está segura de que nunca se sintió más Atusparia que en los días en que las Ritas se perdieron. Una víctima de la República y una víctima también de sus camaradas. A Atusparia le había salido su propio Uchku Pedro. Y eran cientos.

En la selva se sueña raro, el Amazonas se le mete en la cama. No sueña, las plantas y los espíritus la sueñan a ella. Así funciona la naturaleza por dentro, parecen decirle las voces de la selva en duermevela. ¿Con qué sueña quien ha visto algo extraordinario que nadie más vio y que no volverá a ver? ¿Está condenado a repetir infinitamente ese sueño en todas sus noches por venir, como se evoca incesante un amor perdido, el más grande e irrepetible amor? ¿Con qué habrá soñado Yuri Gagarin, su cosmonauta favorito, después de ser el primer ser humano en contemplar la Tierra desde el espacio? ¿Cómo se lidia con esa nostalgia el resto de una vida, cómo se vuelve a la rutina de contemplar la Tierra solo desde la Tierra?

Quizá sea mejor no tardar demasiado en desaparecer, se dice a sí misma Atusparia tendida en el catre de su cabaña, cuando empieza a recuperar de a pocos, a golpe de pensamientos algo más complejos, la dignidad que han intentado quitarle durante el día.

Lleva un poco de ayahuasca en un vasito, la bebe antes de cerrar los ojos y tumbarse de nuevo. La planta le susurra como otras veces la visión de Gagarin a bordo del Vostok 1, con su nombre en clave, Cedro, como el árbol que le regala todos los días sombra húmeda; y después a Gagarin muriéndose en un accidente de avión. Después de sobrevivir al primer viaje espacial, morir en un triste avión. Scorza también murió en un accidente aéreo. El avión salió de Frankurt hacia Bogotá, haciendo escala en París y Madrid. En ese trayecto se estrelló justo antes de aterrizar en el aeropuerto de Barajas, cuando ya no quedaba nada para llegar. Murieron 200 personas, entre ellas varios artistas y escritores que iban a un congreso en Colombia. Después de sobrevivir al Perú, morir en un triste avión.

La muerte también es un sueño pero el soñador ya no está, se ha ido. Si saliera viva de esta cárcel se iría a Madrid, a la zona de aproximación de los aviones en Mejorada del Campo solo para ver lo último que vio Scorza. Si alguna vez saliera de aquí se iría a Moscú, a la Plaza Roja, porque sí, porque se lo debe. Si pudiera escapar, se iría a una isla del lago Titicaca para ver la Tierra por última vez desde fuera de la Tierra. Si pudiera salir por la puerta principal y montarse a la tolva de una camioneta salpicada de barro iría a buscar a Ziggy Marley. La planta la sueña elevándose por encima de la colonia, por encima de los campos, por encima de las copas de los cedros, más allá de los penachos de las caobas, enfundada en un traje naranja extraterrestre. Ve desde la ventana circular de su nave cómo se hacen diminutas, borrosas, las mujeres de su vida. Ve alejarse el color de las orquídeas drácula y el aroma de las flores del suche y siente nostalgia de ese olor a bondad. Ve por fin a los animales sin ninguna intención de devorarla, se ve escapando por los aires. Ve los ríos pero sobre todo ve a la Yacumama, ofidio colosal, madre del agua, al gran río serpenteante, lanzar poderosos chorros, derribar árboles, cazar con sus ojos amarillos penetrantes, arrastrar, desdibujar y tragarse a sus hijas, a sus nietas, *a los senderos dibujados por el viento.*

Ve como desde un microscopio la serpiente cósmica, el ADN de cada diminuta célula de bosque. Sueña cómo sería entrar de lleno en la órbita terrestre, en la más absoluta y conmovedora soledad. Sueña que nieva sobre el cielo y no desde el cielo, se sueña curando con una enorme bola de algodón, como una nube, las heridas de la atmósfera. Sueña con la primera uña de luz recortada del alba en un horizonte desconocido. Sueña que amanece solo porque ella decidió que amaneciera y en su despertar se pierde por fin en la negra inmensidad irreversible del océano espacial.

Decía Lenin que la cárcel es la mejor escuela para un revolucionario. Lenin era un idiota, piensa.

De tanto reconstruir, de tanto deletrear el pasado, su mente aluniza. Llega por fin a esa mañana, a la última mañana del último día de su vida tal como la había conocido. Recuerda que despertó demasiado pronto, en realidad como todos los días desde que esto empezó. Vio la hora, entró a la ducha, se vistió con un traje oscuro a medida, revisó el teléfono y vio notificaciones, doscientas llamadas perdidas, algunas de las compañeras y otras de su gabinete de comunicación. Entendió muy poco pero se acababan de hacer públicas unas imágenes que la involucraban en unos hechos repugnantes ocurridos hace años. Leyó: «La candidata del pueblo: torturadora y asesina de perros».

WANCHO-LIMA

Apenas llegué a Puno me uní a los comuneros aymaras como voluntaria. Días enteros a menos cero grados, bajo el sol, la nieve y el granizo, a la intemperie o debajo de carpas montadas en medio del camino. Me tatué en la piel esa lucha organizada y ya nunca más me la borré. Junto a los dirigentes de las comunidades bloqueamos cada jornada el paso de monstruosos camiones por la carretera interoceánica. Empujábamos algunas piedras sobre las vías y solo nosotros podíamos volver a moverlas. Se decretaba el paso dos veces al día, y el resto del tiempo explicábamos las razones de la huelga con un megáfono que ardía de mano en mano. Nos movíamos al ritmo del jina jina, vamos, vamos. Habían matado y seguían matando a nuestros hermanos y hermanas, la usurpadora en el poder no los consideraba ciudadanos. Arrasaban las tierras, ensuciaban el agua, se llevaban el botín de los minerales. Muchas llorábamos al dejar oír nuestras voces y hacíamos llorar a los demás contando las injusticias históricas de nuestro pueblo. Los jilakatas, tan nuevos como ancestrales en su papel de líderes, nos enseñaban el camino. Hacíamos polladas, truchadas y chuletadas solidarias para que las víctimas de la masacre pudieran viajar a Lima a reclamar justicia.

Durante el tiempo que duró la huelga, estuvimos en nuestros puestos con una mochila de emergencia, hicimos la comida, acompañamos a los animales y a los niños, socorrimos heridos junto a otros brigadistas y recolectamos dinero de los comerciantes para las marchas a la capital. Me sentí medianamente útil, discretamente participativa. Estuve sobre todo al lado de las mujeres del mercado, de las jóvenes, de las madres con sus hijos, al lado de abuelas aymaras, duras como la mía, de polleras y largas trenzas que yo también empecé a usar. Durmiendo en sus casas, comiendo en sus mesas, hasta que dejé de parecer limeña, dejé de parecer sospechosa e incluso dejé de parecer ajena.

Si tuviera que hacer una lista de los hitos, hasta de los más minúsculos, que me empujaron hacia algo parecido a un destino, tendría que hablar de la tarde en que encontré a Domingo en una calle por la que había pasado cientos de veces. No lo había visto en treinta años, pero en él podía identificar todavía los rasgos del pequeño cretino que me acosó durante toda la primaria, el que me hacía temblar de miedo con sus insultos racistas, quizá porque mi cara, el color de mi piel, le recordaban demasiado a algo que también rechazaba de sí mismo. Los dos somos cholos; el mundo había querido convertirnos en enemigos, pero a estas alturas ya no estábamos para resentimientos ni venganzas. Nos reconocimos. Me abrazó de una forma extraña, demasiado intensa. Yo correspondí al abrazo y en ese momento exacto ya lo había perdonado. Noté que lloraba. Estaba muy distinto, llevaba una camiseta que decía «Esta democracia ya no es democracia», sandalias y un fular. Nos sentamos en la terraza de un bar de salsa brava.

–Le he pedido perdón a todos y a todas –confesó él casi antes de decir cualquier otra cosa–. Fui una persona violenta, machista, hice sufrir a muchas personas, incluso a las que más amaba, perdí grandes amores y amistades, no fuiste la única. Pero siempre quise pedirte perdón.

Desde hace años Domingo era parte del Círculo de Hombres Para Una Nueva Vida, un espacio en el que, junto a otros como él, estaba en pos de un proceso personal y político hacia una masculinidad alternativa. Separado, en una nueva relación, tenía un hijo de meses. Iba una vez a la semana a un penal de Lima a dar charlas a los condenados por violencia de género.

Yo le conté de mis últimos días en el Atusparia, el descenso a los infiernos de la Resi, los años perdidos de las drogas y la rehabilitación, y lo que me había costado volver a creer en mí misma. No tenía pareja, no había tenido hijos.

—Me debo bastantes terapias. ¡Por tu culpa! ¡Págamelas!

Hablamos eufóricos del Atusparia. De los años maravillosos. De los sueños revolucionarios. De los apagones. Del miedo. Del terror. De la dictadura. De los desaparecidos. De los presos. De los muertos. Me bebí cuatro piscos y cuatro cervezas. Él también. Nos pusimos serios hablando del país, de lo que nos dolía. De que a esto había que llamarlo por su nombre: dictadura. Del coraje de las comunidades campesinas y sus rebeliones históricamente reprimidas. Sí, estábamos en un nuevo ciclo que siempre acaba con un derramamiento de sangre indígena. Le conté que me iba a Puno, lo tenía decidido: He hablado con compañeras puneñas, de la primera línea, que llevan meses viniendo aquí como parte de la Marcha a Lima, Domingo, me han invitado a sumarme y no he comprado pasaje de regreso.

Se alegró de escucharme tan resuelta, coincidíamos en nuestra mirada del país, sentaba bien reencontrarse con alguien después de tanto tiempo, y confirmar que no estábamos tan desconectados como pensábamos, que compartíamos una muy sólida base dogmática. No es un tema menor.

—¿Tú conoces la anécdota de Scorza? ¿Te acuerdas de cómo Grass nos hacía leerlo a todas horas?

—Cómo olvidarlo…

—Es una anécdota real, la cuenta en una de sus novelas, pero es algo terriblemente real. En una oportunidad, el patrón de una fábrica envenenó a los quince miembros de la junta directiva del sindicato para librarse de ellos. Y lo quiso hacer pasar por un infarto colectivo. Suena a ficción pero pasó de verdad. Contó a la policía que todos se habían infartado y muerto a la vez. Lo peor es que la corte de justicia lo admitió como cierto. Le creyeron. Fue la demostración de que el delirio no está en la literatura sino en la realidad.

—Es demoledor este país.

Dije eso y Domingo me sacó a bailar. Se movía muy bien, digamos que se movía contra el modelo de hombre con el que lo habían educado.

—Tú siempre me gustaste, querida.

Me reí en su cara pero me entregué pasivamente al juego de la reparación. Si alguien me debía la mitad de mi autoestima era él.

—Néstor sí era un niño amable y muy guapo, entiendo que todas estuvieran enamoradas de él —dijo como el hombre celoso deconstruido que era ahora, mientras trataba de girarme y yo torpe me enredaba en su brazo y volvía a aparecer medio ahorcada para desmentirlo.

—No es verdad, tú siempre fuiste más guapo que Néstor.

Nos besamos. Tampoco estaba tan sorprendida. La atracción entre víctima y victimario es un clásico imperecedero. Fuimos a un hostal para revolcarnos un rato con la consciencia de que estábamos escribiendo un final alternativo para nuestra historia en común. Entonces, llegado el momento, intentó metérmela pero no pudo.

—Estoy demasiado borracho.

Así fue cómo, treinta años después, Domingo encontró una nueva manera de hacerme bullying. O de hacérselo a sí mismo.

—No habremos cerrado con broche de oro, pero a esto le llamo yo una buena fiesta de reencuentro con la promoción —le dije a modo de despedida.

Al día siguiente Domingo me llamó para preguntarme si podía visitarme en casa porque el día anterior no le había dado tiempo de decirme algo importante. No te quitaré mucho tiempo, dijo, así que le di mi dirección. Cuando, una hora después, abrí la puerta, allí estaba el hombre nuevo, pero esta vez con su bebé en brazos. Era un poco chocante. A ver, le dije apurando un poco el trámite, qué es eso tan importante.

—Esta mañana, repasando nuestra conversación de ayer, me acordé de algo que quise comentarte, aunque luego se me fue… ¿Recuerdas que hablamos de la profesora Asunción, la de Literatura? ¿Sabes que estuvo presa? La agarraron en un operativo antiterrorista hace unos años, la vincularon al MRTA. Pero no sé si era cierto y tampoco pudieron probarle nada. Se sopló un par de años y salió. Cuando lo supe me acordé de que también la quisieron relacionar con Sendero en la época del Atusparia y el asesinato de Lanceros, pero fueron solo rumones. ¿Te acuerdas? Era brava pero no era terrorista. Sé que anda en Puno organizando gente. Si vas a estar por allí y andas buscando algo, quizá ella pueda decirte dónde encontrarlo.

Domingo me puso un papelito en la mano con una dirección y salió por la puerta, no sin antes pedirme por favor que fuera discreta sobre nuestro encuentro de la noche anterior porque estaba en una relación cerrada con su pareja.

Asunción Grass, la mujer de La Habana, la que estuvo cerca de morir al lado del poeta Javier Heraud, la que defendió hasta el final el modelo indigenista del colegio soviético. Pensé en ella toda la noche y después la olvidé.

Varias veces pregunté por Asunción, sin suerte. Si continuara con el balance de aquellos días tendría que contar ese momento en que nada de lo que vino después ocurría necesariamente y los futuros seguían siendo potencialmente otros. Podía haber desistido de buscar aquello aún innombrable para mí misma pero sin buscarlo tampoco me hubiera librado, como nadie puede librarse de lo que desea. En la dirección que Domingo me dio nadie supo darme razón de Grass. No estaba en redes. No sabía ni qué aspecto llevaría después de tantos años, no recordaba muy bien su cara. Si la hubiera visto tampoco estaba segura de haber podido reconocerla. Deduje que no nos habíamos cruzado hasta ese momento porque habría partido a otra zona. Hasta podría estar muerta. En el mejor de los casos, se habría cambiado de nombre como yo. Y seguí semana a semana cruzando las calles entre perdigones y bombas lacrimógenas, de la primera línea a la última, con una mochila llena de pañuelos y vinagre contra las lágrimas.

Supongo que fue por esa época que empecé a contestar «Atusparia» cuando me preguntaban mi nombre.

A un año de la masacre, yo seguía en esta provincia en rebelión. La romería acongojada daba la vuelta a la Plaza de Armas y se encaminaba hacia el bypass en dirección al aeropuerto con las fotos de los caídos. El sonido de los platillos y las trompetas resonaba contra los cerros. Los bomberos, los profesores, los abogados, los campesinos marchaban con las notas de «El pueblo unido jamás será vencido». Es probable que ahí, confundida entre los trajes de luto y el lamento de las madres y el pesar de los padres, todo me doliera más de la cuenta. Las vocaciones se tallan en el cuerpo con dolor, ya se sabe. Solo pensé como los demás: Tenemos que seguirlos porque ellos saben a dónde ir. Y los seguimos.

En plena romería se desató de pronto una batalla campal. La vieja vía del tren separaba a los bandos. La policía trataba con bestialidad de dispersar a los manifestantes. Una bomba cayó desde el lado de los uniformados atrincherados en las inmediaciones del aeropuerto y esparció una nube de humo tóxico, irritante, que les permitió avanzar disparando perdigones. Una piedra silbó en su trayectoria paralela a mi cuerpo. Vi cómo le estallaba a un chico un petardo en la mano, vi florecer su muñón carmesí del color del litio encendido. Gritaban: ¡Guerra civil, guerra civil! ¡No somos despensa de gringos! ¡Quieren el litio, quieren el oro, quieren nuestras riquezas! ¡Rumbo a Lima! Jina jina, vamos, vamos. La policía siguió disparando municiones y lacrimógenas. Las mujeres corrían entre la gente pidiendo monedas para comprar cohetes, rata blanca. Era una batalla desigual entre bombas policiales y cohetones de año nuevo. De repente, un hombre joven cayó herido a mis pies, la sangre brotaba a borbotones por un agujero de bala en su pierna.

—Levanta el otro extremo, rápido, no te quedes ahí parada —oí que alguien me decía.

Lo hice. La mujer me daba órdenes, había estirado la bandera nacional y me gritaba para que la ayudara a poner el cuerpo sobre ella.

—Vamos, como si fuera una camilla —dijo.

Por suerte, era un tipo delgado. Logramos levantarlo. La posta médica no estaba muy lejos. Corrimos hacia allí como atravesando un campo de batalla. Técnicamente lo era. Cuando me di cuenta, el herido ya no estaba pero yo aún tenía en la mano la bandera manchada de sangre, la verdadera bandera de este país, que ya no es blanca y roja, es solo roja, perforada y sanguinolenta.

—¿Atusparia? —oí de pronto.

Me quedé alucinada. ¿Esa mujer desconocida sabía mi nombre, mi nuevo nombre recién adoptado? ¿Cómo era posible?

—¿Qué?

—Que si eres del Atusparia. Estudiaste ahí, ¿verdad? Soy Asunción Grass, te recuerdo perfectamente. Eres la niña que fue Atusparia.

Y así, lo que buscaba me encontró a mí.

LA CANDELARIA

Después de la misa del Alba, los sicuris del barrio de Mañazo ya han degollado a los dos toros y bebido la sangre del sacrificio, que, según la tradición, les da la energía necesaria para el baile. Han empezado a mover el cuerpo bajo la lluvia de sangre. La carne de res humea resplandeciente en las parrillas para alimentar más tarde a los bailarines. Las banderas ondean blanquinegras desde la masacre y ellas van vestidas de chinas diablas de luto, cogidas de la mano para hacer girar la alegría. Todas las viudas del Perú con trajes de luces danzan poseídas, al lado de los bombos, la tarola y las zampoñas, la marcha fúnebre por la democracia asesinada, de los ayarachis y el himno de la vida como una sola voz. Las agrupaciones de bailarines enmascarados en sus puestos, salvo la diablada Amigos de la Policía Nacional y la diablada Centinelas del Altiplano, expulsadas por ser pueblo que no salva al pueblo. Con músicas tristes y alegres de los sicuris bailan las comparsas de morenos, caporales, chinas, osos, achachis, cholas, palomitas, lecheras, porque nunca hay que ser solo felices. Brotan los diablos de las minas como los muertos de sus tumbas. A saltos siguen a los bailarines, el pastor enmascarado de llama jugando con el bufón del K´usillo hacia el lago Mama Qota, que refulge neón rosa con el aguardiente quemando el corazón. Como se zapatea se ama, como se soplan los vientos se lucha. Si más rápido, el tambor se sale del pecho; si más lento, más veloces las lágrimas de la nostalgia. Ahora retumba en la memoria herida el grito del diablo caporal y la ternura de los cantos para la mamita Candelaria: Luz de mi pecho atormentado, flor de mi devoción, toma mi alma, mi corazón, toma mi vida si así lo quieres, traigo en mi alma un gran dolor y la esperanza de saber que con solo verte se irán mis pesares. Ritual amoroso, la fiesta renueva como limpia el fuego el cañón del fusil, como el viento del sicuri sopla el ichu de las quebradas y despeja la amargura del alma. Una flor ve florecer a otra flor: así es bailar con una mujer contra la muerte. Agarradas en una guirnalda viva unida por las manos de otras mujeres, maestra y discípula se van a bailar la lucha del bien y el mal, la del opresor y el esclavo, como si fueran al carnaval de la guerra, reviviendo el ritmo antiguo de la tierra y sus hijas. Cae la lluvia porque dicen que la virgen castiga los excesos del baile pero siempre bendice los frutos de la Pachamama. Los caporales meten patadas marciales al aire. Bailan los awatiris, los hombres tejedores remiendan y bordan su liberación. Las puneñas mueven sus minipolleras y tacones vibrantes. Pero Asunción y Atusparia van como los hombres, travestidas de chinas diablas caporales, un cortejo sin látigo, la sátira demoníaca del orden y el caos. Y al cobijo de las otras, como dentro de los abrigos rocosos, el cóndor y el puma, símbolos de la ciudad del lago plateado por la luna, las miran latir bajo la noche.

LAS RITAS CONFIDENCIAL

Informe 685/Puno, enero, 2026
Caso: Las Ritas

Palabras clave: mujeres, local, sedición, reuniones políticas

Resumen del caso:

Se investiga a través de una agente infiltrada un local dentro del Mercado Unión y Dignidad, en calle Carabaya, Puno, provincia de Puno, donde vienen realizándose reuniones periódicas, de carácter político y sedicioso; se trata de asambleas clandestinas a todas horas, en horario de toque de queda y a diferentes horas del día, muchas veces por las noches con las cortinas cerradas. El local también viene siendo usado para clases y talleres educativos de formación artístico-laboral-político. No es casual que el local se encuentre dentro de un mercado, por ser un sitio frecuentado por mujeres lugareñas, donde estas suelen comercializar sus productos, pues esta agrupación política intentaría «captar» sobre todo objetivos femeninos, en especial los días sábados de ferias, que suelen ser muy populosas y recibir visitantes de mujeres de otras comunidades. Creemos que en este mercado se han estado organizando algunas de las huelgas y paros últimos de gran convocatoria.

El informe intenta esclarecer el origen de la militancia y participación de dos cabecillas hoy identificadas como: en primer lugar la señora Atusparia, y en segundo, la señora Asunción Grass. El local aparece en documentación a nombre de la sra. Rita X, sin más datos adicionales. Al querer comprobar el nombre completo de la referida Rita nos percatamos de que todas las integrantes de esa organización se llaman Rita o se hacen llamar así. En conclusión: no hemos podido confirmar las identidades de las militantes, ni quién de todas es la verdadera Rita que lideraría el partido o agrupación. Al tratar de entablar comunicación con algunas de ellas, a la informante no le ha sido posible, siendo remitida con otras y así ha contado hasta cincuenta Ritas de las que no se ha podido obtener información, una de las cuales presuntamente se trataría de la señora Rita-Atusparia, alias de XXXXXXXXXX. En el local se encuentra un mural con la imagen de Micaela Bastidas, esposa de Túpac Amaru (posible vinculación con el MRTA), y una pintada en grandes letras dice la frase: «Yo ya no tengo paciencia para aguantar todo esto», que sería de la autoría de la misma.

A continuación exponemos la cronología de los hechos que nos conciernen:

—Que la primera vez que se vio entrar al local a la referida Atusparia fue al lado de una de las Ritas, la mayor de ellas, muy mayor, alta, de contextura gruesa y «varonil para ser mujer», según describe la informante, piel trigueña, cabello corto, que después fue identificada como la señora Asunción Grass, nacida en Lima, con antecedentes penales, que dirige una «escuela popular» dependiente de este colectivo. Presumimos que a la manera de las escuelas populares senderistas que, recordemos, servían como lugares de adoctrinamiento.

—Que el colectivo, partido o espacio de encuentro se hace llamar Movimiento Rita Puma, «un espacio de militancia no mixto de mujeres del profesorado, quechuas, aymaras y de otras partes del país, comprometidas con la lucha indígena y con perspectiva antirracista y antipatriarcal», según se puede leer en un cartel en la puerta titulado «Bienvenida».

—Después de realizada una investigación exhaustiva en internet y en las redes sociales, procedemos a desvelar el origen del nombre de la agrupación. Con este nombre pretenden hacer un homenaje al personaje llamado Rita Puma, según Wikipedia una líder campesina y maestra rural que hace cien años creó los primeros colegios para indios en Puno, aunque estos fueron destruidos sistemáticamente por las autoridades gamonalicias; su propósito era la alfabetización de aymaras y quechuas para organizar la insumisión en el campo. Participó en la construcción del sitio Wancho-Lima, cuando Puno quiso independizarse del Perú, un levantamiento indígena que acabó con miles de pérdidas de vidas humanas.

—Que nuestra colaboradora agente encubierta consiguió que varias le explicaran que llamándose todas Rita lograban protegerse unas a otras de los reglajes policiales.

—Que era muy extraño porque si decías «Rita» volteaban al unísono.

—Que la investigada Atusparia ingresó como profesora en la «escuela popular», dirigida por Grass, donde por las mañanas impartía clases de lengua, literatura, y por las tardes un «curso de ajedrez». Pudiendo aprovechar, suponemos, estas clases para organización de acciones subversivas y capacitación de jóvenes, dado que los grupos subversivos siempre han querido copar la educación y la mente de los niños para adoctrinar e introducir sus ideas terroristas.

—Que a la sindicada se la conoce como «la ajedrecista» porque juega muy bien a ese deporte, lo que la agente pudo confirmar tras perder con ella una partida. También la llaman «la cosmonauta», que significa «astronauta» en ruso. Algo muy extraño salvo por el hecho de que la sospechosa tiene conocimientos del idioma ruso, un idioma de comunistas.

—Que se encontraron en la biblioteca de Rita Puma libros de propaganda comunista, izquierdista, con los que se presume que la referida enseñaba junto a otras por los diversos subrayados encontrados en sus páginas. Se ha probado que se realizan clubes periódicos de lectura con estos libros y que acuden mujeres jóvenes quechuahablantes. Entre ellos registramos libros de Alberto Flores Galindo, Aníbal Quijano, Gramsci, autores vietnamitas desconocidos y del padre comunista Gustavo Gutiérrez. Las memorias del comunista Hugo Blanco, el libro *Senderismo versus mariateguismo* del periodista comunista Raúl Wiener, y *Revolución en los Andes* del número uno del MRTA Víctor Polay, preso desde hace treinta años en la Base Naval del Callao. Se trata de una entrevista desde la cárcel con alcances muy interesantes de cómo empiezan y terminan estos movimientos, que convendría estudiar para detectar nuevas y similares iniciativas. Fueron todos estos libros incautados y fotografiados como posibles pruebas de apología del terrorismo.

Informe n.º 687

Asunto: Marchas y detenciones

Se procede a hacer seguimiento de las mujeres que visitan el local, de todas las edades y condiciones, reunidas en asambleas en el local de Carabaya conocido como «local de las Ritas», dentro del Mercado Unión y Dignidad.

La relación de las dos cabecillas es estrecha, algo raro para tratarse de dos líderes de una organización política investigada como esta. Normalmente no solemos ver todo el día juntas a las dirigentes por razones de seguridad, pero ellas parecen hacer caso omiso y son las únicas en quedarse hasta altas horas en el local, incluso con la luz apagada, y se desplazan a una vivienda cercana donde pernoctan muchas de esas noches. Así mismo, en los últimos meses viajan juntas a otras localidades y celebran encuentros con dirigentes comunales, incluso fiestas.

El pasado miércoles las integrantes se preconcentraron a las puertas del mercado para continuar viaje hasta Juliaca, una vez ahí salieron en manifestación hacia el bypass y al aeropuerto, como hacen cada mes, con fotografías de muertos y los que llaman «presos políticos» pero que son en su mayoría terrucos. Como consecuencia de los disturbios que ocasionan cada vez que salen a marchar, algunas de ellas fueron detenidas y otro grupo de ellas se apostó a las puertas de la comisaría del distrito con abogada comunista pidiendo la liberación de las detenidas, algo que vienen haciendo todas las veces que esto ocurre, y presentando a la prensa partes médicos conforme algunas de ellas habrían sufrido palizas por parte de la policía, lo que no han podido probar dado que todos los días las protestas se convierten en enfrentamientos cuyo saldo de heridos es policial y civil.

Informe n.º 692

Asunto: Asambleas y reuniones

La informante refiere que en las reuniones los temas de debate llegan a los gritos y que en esas discusiones un sector de las Ritas habla concretamente de iniciar la «lucha armada». Se ha entregado una grabación en la que una de las voces de las Ritas podría ser la de la señora Asunción Grass, ya que a esa voz se la oye ofreciendo al resto formarlas militarmente con conocimientos que dice haber adquirido en Cuba, país al que se sabe que viajó Grass en los sesentas o setentas. Sin embargo, en esta grabación la presunta voz de la señora Atusparia se estaría manifestando en contra de esa idea y, como se comprobará en otras grabaciones adjuntas, seguirá manteniendo hasta el final una posición contraria a la violentista, lo que no creemos que sea relevante para el informe final, puesto que esto solo prueba lo ambiguas y cambiantes que pueden ser las posiciones al interior de un partido, lo importante serán sus acciones. A continuación puede desprenderse de los debates que la asamblea se encuentra parcialmente dividida.

Documentos adjuntos: Transcripción (ininteligible) de asamblea del 15 de marzo del presente año.

—Creo que podemos pensar en algunas acciones con comando comunal para las acciones más grandes, entrando y saliendo pero siempre volviendo de nuestro núcleo.

—El campesinado va a seguir saliendo y va a seguir siendo reprimido. ¿Vamos a esperar hasta la próxima matanza?

—Yo sigo viendo la falta de una estrategia de poder, Rita. El fraccionamiento que vivimos en el país ha tocado techo. No sé cuál sería según ustedes el programa de una revolución social.

—Pero, Ritas, la cosa tiene que ir por las dos vías, la institucional pero armándonos en el proceso. No van a dejarnos ganar, nunca lo han hecho.

—¿Vamos a aliarnos a partidos supuestamente democráticos que son en realidad la oligarquía de siempre, Ritas?

—Yo ya no puedo estar en esa izquierda, solo trae prejuicios y confusión.

—Todas esas discusiones bizantinas están muy lejos del sentir del pueblo.

—¿Qué es el pueblo, Rita?

—Deja de abstraer, compañera, es la gente a la que matan todos los días.

—Se ha ahondado la crisis económica y social, este es el momento entonces, Ritas.

—No podemos seguir haciendo teoría de la teoría.

—Claridad programática es lo que nos falta, Rita.

—Compañeras, ¿partido de cuadros o de masas?

—¿Guerra popular prolongada o insurrección?

—¿Ejército popular o aparato militar?

—¿Qué nos falta exactamente para entrar en una situación revolucionaria?

—Yo creo que están dadas las condiciones para forjar la fuerza social revolucionaria que, con la movilización y la lucha de masas que estamos dando hace un año, sea capaz de abrir un periodo revolucionario con el derrocamiento de la dictadura y ahí sí establecer un gobierno revolucionario de los trabajadores.

—Es usted una electorera, compañera.

Informe n.° 694

Contexto: Se han convocado elecciones generales en el plazo de un año.

—Que en vista de la inminencia de las elecciones presidenciales, las Ritas acuden cada vez más a reuniones que llaman «programáticas», decantándose por la opción política por sobre la opción militar. Que en los audios y transcripciones se percibe un crecimiento de la figura interna de la llamada Atusparia, en contraste con la cada vez más menguada figura de la que, en los últimos meses, como consta en actas, se ha convertido en su opositora dentro del Movimiento Rita Puma: Asunción Grass.

—Que, debido a que han puesto en marcha su propia campaña electoral, se ve a las Ritas llevando a cabo viajes constantes por toda la provincia y distritos, incluso efectuando salidas fuera de la región para hacer proselitismo de su causa.

—Que la informante da cuenta de los ingresos conjuntos de Atusparia, Grass y algunas Ritas más al interior de las comunidades campesinas y de su participación en actividades de capacitación política, enmarcados en temas como el debate sobre la consulta previa del territorio. Incentivando perspectivas antimineras y contra el país. Así mismo, llevan a cabo acuerdos con las rondas campesinas, que son, como se sabe, el órgano por excelencia de la organización comunal sembrada de campesinos con antecedentes penales por terrorismo, de cara a una «candidatura de alianza y coalición popular, entre campesinos, comerciantes y maestros».

—Que pasados dos años existe un descontento de fondo por parte de las Ritas locales hacia Atusparia, a quienes muchas tratan de forastera porque es una mestiza no indígena y «porque viene de Lima a liderar», la llaman «ingeniera» y «licenciada» porque ha estudiado en universidad limeña, aunque es importante saber que la señora Atusparia no culminó sus estudios superiores.

—Que la comunicación entre las cabecillas, Atusparia y Grass, con el tiempo se ha vuelto más y más tirante, que en los viajes ocurren escenas de reproches y gritos muy violentos entre ellas, como si fueran madre e hija.

—La informante concluye este informe con el reporte de la ruptura del movimiento de las Ritas y el distanciamiento entre sus lideresas.

Documento adjunto: texto incautado firmado por Asunción Grass, que podría ser un mensaje cifrado, ya que en dicho documento una alpaca habla o escribe (¿?).

«EL PROBLEMA DE LA ALPACA»

Asunción Grass

Amanecemos con el pelaje escarchado. Otro día sin que traigan el cobertizo. Llegados a este punto, ya temo si llegaremos a la próxima temporada otoño-invierno. Parecemos muñecos de nieve, no animales de verdad. Las mamitas pastoras también. Tejen sus gorros y medias de lana gruesa y fea que ningún turista usaría mientras nos lleva a comer el ichu seco de la punta. La verdad, hace días que comemos pasto congelado. Andamos todas mal de los pulmones por eso. La neumonía no es rara por aquí, ni la animal ni la humana. Y si enfermamos o morimos metemos a nuestros humanos en un problema. En esta casa somos una manada de apenas veinte. Con el frío y a cuatro mil metros sobre el nivel del mar, nuestras bebés mueren antes del parto y, a veces, los bebés y niños de las mamitas también. No quiero filosofar acerca de nuestra solidaridad mamífera en la pérdida, mejor me concentro en encontrar un buen manojo de hierba verde y tragármelo.

Estamos cada vez peor sin lluvias. Las heladas no se derriten. La sequía no se moja. Dame una inyección, papá Estado, para salvar a mis animalitos, le oí decir a la mamita el otro día, cuando vino un señor de traje gris a tomar notas. Enséñame a curarla si no vas a venir tú. Pero, por lo visto, no le hicieron caso, porque tampoco han llegado las medicinas. Lo que sí, de vez en cuando llegan noticias de nuestro éxito por el mundo entero. Un montón de marcas de lujo encantadas de hacer sus abrigos y chompas con nuestra lana arrancada al frío y a la sequía. Tengo sed, pero ni una gota de la lluvia de millones nos va a caer esta vez.

Soy una especie doméstica de mamífero artiodáctilo de la familia camelidae, prima de la llama y la vicuña. Los indios me domesticaron hace miles de años. Nuestro nombre alpaca viene del quechua «p'aku», que significa «rubio». Yo poco rubia me siento, la verdad.

Hace unos meses hicimos una huelga secreta para que suban el precio por gramo de fibra a la mamita. Nos colocamos todas mirando hacia el norte, con nuestros ojazos de bolas de boliche, las pestañas de travestis y las orejas puntiagudas alertas. Nos negamos a ser esquiladas, nos pusimos necias y escurridizas, dimos paraditas, escapamos moviendo el poto bien rápido y tuvieron que corretearnos monte arriba. Pero la semana siguiente seguimos oyendo que subir el precio de la fibra solo conseguiría encarecer el producto final porque lo que está mal es el sistema de crianza de los alpaqueros, tan ineficiente que da demasiados gastos. Según ellos, es culpa de la mamita y, claro, de nosotras mismas, por ser pocas y con fibras no mejoradas. Todo es siempre por culpa de los pobres. Por no querer mejorar. Me da ahora mismo un estrés térmico de solo pensar que me estoy muriendo de frío por cuatro soles mientras estos señores se hacen de oro; que tendremos que migrar pronto a buscar otros campos que nos den de comer mejor para me-jo-rar-nos. Ahí viene otra tormenta de nieve y no hay con qué taparse.

La pasada primavera, la mamita y el papay decidieron que no nos esquilarían porque dijeron que así como está la cosa no lograríamos atravesar el invierno. Me dio mucha pena, porque entonces a nosotras nos ponen a salvo pero la vida que peligra comienza a ser la suya y la de su familia. Durante las temporadas de heladas o de sequía nosotras, las vicuñas, huanacos y el resto de los camélidos usamos nuestra energía para sobrevivir. Me he dado cuenta de que eso es algo que podría decirse también de las personas. Es curioso que cuando tenemos que vivir de nuestra propia energía acumulada, la fibra crece más lento y más gruesa y al parecer bajamos en la Bolsa de valores. Dejamos de ser sexys para el mercado. Valemos menos, como todo lo grueso, lo chusco. Pelear te quita finura y sofisticación. Qué extraño es este mundo en el que las luchadoras cotizan bajo.

Lo que más flojera me da es cuando se ponen a hablar del encuentro entre la cosmovisión andina y la moda de alta costura que convergen en no sé qué de una amalgama de sensaciones que derivan en la dichosa inspiración principal para su colección que presenta lo mejor de ambos mundos. Todo es cien por ciento alpaca, cien por ciento pureza, cien por ciento robo. Yo soy cien por ciento impura, una alpaca medio blanca pero por dentro marrón y roja carmesí. Seré camélido, pero sé perfectamente que hay algo que no está bien. El primer eslabón de la cadena que son mamita y papay está rota y sangra. Por mi esquila ganan 20 dólares. Y así por cada una de mis hermanas. Si somos veinte, pues hagan sus cálculos. Soy cuadrúpeda pero tengo ojos. ¿Qué tiene que ver la extrema pobreza con la extrema riqueza? ¡Todo! ¿Y a nosotras? ¡Que nos sigan esquilando!

Somos la hierba mala de las pieles. Las ovejas negras de las alpacas. No tenemos nada de baby. Somos las menopáusicas. Somos las que no morimos. Quizá algún día dejen de explotarme por fea, por bastarda, por monstruosa, y esa será mi victoria. Ser como una pobre oveja descarriada, gorda, libre y asalvajada por el monte con mi lana de residuo chatarra, olvidada para el mundo y para mí misma. Le diré adiós a mamita y me volveré la lana del corazón de Dios. Las hijas e hijos de mamita y papay tampoco durarán mucho tiempo aquí. Ya hay algunos que se fueron y vienen solo de visita. Migrar es algo a lo que te empuja la horrible realidad que diseñan los dueños de este mundo.

Nosotras a su vez estamos engrilletadas a los tobillos de estos pastores de auquénidos heridos de abandono. ¿Has visto cómo visten de harapos, no los recuerdas cuando pasas por los escaparates de Milán, qué ves en tu reflejo? Me da que por escuchar a los campesinos me estoy politizando a velocidades de vértigo. Me he aprendido el discurso, me lo he pasado por el pelo. El primer mundo sigue recurriendo al sistema más antisocial y primitivo de colonización: la esclavitud. Las comunidades que han demostrado, bajo la opresión más dura, condiciones de resistencia y persistencia realmente asombrosas representan el paso siguiente. La revolución social necesita históricamente la insurrección de los oprimidos. La solución a nuestro problema está en nosotros. ¡El problema de la alpaca solo lo resolverá la alpaca!

Cuando sobre los hombros de una clase productora como la nuestra pesa la más dura opresión económica, solía decir José Carlos Mariátegui, y a ella se agrega el desprecio y el odio de que es víctima como raza, no falta más que una comprensión sencilla y clara de la situación para que esta masa se levante como una sola criatura anfibia, mezcla de la raza animal y la raza humana, y arroje todas las formas de explotación y especismo muy lejos de sus cuerpos hasta sanarlos juntos. Este será un nuevo mestizaje. Y una nueva diáspora: el amor que nos tenemos mamita y yo. No vamos a lograrlo por un proceso de occidentalización, de humanización, de asimilación, de racialización, ni quedándonos quietas esperando que nos lleven al matadero, ni al campo de concentración. No es la civilización, no es el alfabeto del blanco ni del hombre lo que levantará nuestra alma. Es el mito: la esperanza de que algún día haremos la verdadera rebelión en la granja. La revolución no será ni calco ni copia, sino creación heroica de las alpacas.

«EL PROBLEMA INDÍGENA SOLO LO VAN A RESOLVER LOS INDÍGENAS»

ENTREVISTA

Hacia las Elecciones Generales: La semilla del cambio
Atusparia: candidata presidencial

REDACCIÓN *LA REPÚBLICA*

¿Quién le teme a Atusparia? Pero primero: ¿quién es Atusparia? Pedro Pablo Atusparia fue un dirigente indígena que lideró la Rebelión de Huaraz en 1885, una insurrección armada campesina en contra del restablecimiento del tributo indígena durante la crisis de la posguerra en el Pacífico. Atusparia se llamaba el colegio donde estudió la candidata de Perú Gana, un centro fundado en los ochentas por peruanos egresados de universidades de la URSS que tuvo como horizonte la educación científica y cultural soviética hasta la caída del muro de Berlín. Atusparia es también el nombre de militancia que escogió cuando empezó esta aventura política que la ha llevado a disputar hoy la presidencia de la República: «En una época quería con este nombre hacerle un homenaje a los tiempos de mi educación. Y ya ha sido imposible quitármelo». Dice que no importa cómo se llamaba antes. Lo que importa es que en unos meses el Perú podría ser gobernado por una mujer chola de izquierda que se hace llamar como un antiguo revolucionario indígena.

La encontramos peinada con dos gruesas trenzas negras que son las que debe marcar en la cédula de votación si usted quiere que Atusparia gane las elecciones. Está en una callecita de Puno rodeada de gente que quiere ser escuchada: pobladores de un barrio que una minera ha partido en dos para construir una carretera para transportar los minerales; las emolienteras a las que el alcalde ha expulsado de la plaza y quitado su mercadería; madres de niños enfermos de pulmonía por la falta de calefacción. «Estos casos simbolizan todo lo que es el Perú —me dice—. Una tradición de arbitrariedad y autoritarismo nos subyace». Por eso a la nueva promesa de la izquierda la llaman «enemiga del desarrollo». «Si desarrollo es esto, me encanta ser su enemiga», recalca.

Atusparia lleva poco tiempo en la carrera electoral, pero la campaña contra ella ya está en marcha. Cuando surgió la idea de hacerle este perfil pensamos que solo podíamos hacerlo en Puno, territorio andino ancestral donde Atusparia empezó su militancia junto a las Ritas, el Colectivo de Profesoras Rita Puma, que irrumpió como un nuevo actor social en el contexto de las revueltas aymaras y quechuas en protesta, en principio, por la destitución y detención del profesor rural y primer presidente indígena del Perú, Pedro Castillo, aún en la cárcel, y, a continuación, por la emergencia del gobierno de su vicepresidenta, Dina Boluarte, y su negativa a convocar nuevas elecciones. Han pasado cinco años desde entonces, pero gracias a las marchas a Lima, a los grandes paros nacionales y a la acción sostenida en las regiones se ha conseguido presionar para que la presidenta por fin convoque elecciones, pese a haber dado señales más de una vez de querer perpetuarse en el cargo. En este largo proceso, Atusparia ha sido una figura clave. Luego de conseguir el número de firmas reglamentario para su postulación, se ha embarcado en la aventura de su vida junto a su nuevo partido Perú Gana.

¿Cuál es su primer recuerdo político, el más intenso, el que más la marcó?

Marchar en esta misma ciudad hace cinco años, cuando se cumplía un mes de la masacre, junto a las madres y familiares de los jóvenes asesinados por defender su voto, sus tierras, sus vidas, sus recursos, de una clase política que vive de espaldas al pueblo. Puno es un territorio milenariamente rebelde, no es casual que sea la región emblemática de la protesta y la conflictividad social.

Dicen que usted le mete ideas subversivas a la gente, que les lava el cerebro.

En ese discurso de la clase política y de los medios hay un trasfondo discriminatorio, racista, porque quienes reclaman son comunidades campesinas, indígenas, gente de las zonas urbano-marginales, ciudadanos según ellos de segunda categoría, manipulables, a quienes esperarían convencer, comprar, corromper, pero la ciudadanía está cada vez más consciente y su respuesta de estos años ha sido la conflictividad social. Las condiciones estructurales de pobreza, la crisis económica acrecentada por los eventos climáticos, así como la crisis política de los últimos años y la recurrente debilidad institucional del Estado peruano para implementar políticas públicas, han preparado el escenario.

¿Cómo ve al resto de los candidatos? ¿Cree que están haciendo un buen trabajo?

¿Me hablas del que acusó al hombre andino de primitivo y de no entender el desarrollo por seguir creyendo en sus apus? ¿O del aquel al que deberíamos preguntarle si se atrevería a hacer un proyecto minero debajo de su casa de La Molina porque encontramos oro? ¿O el lobbista y culpable de que el gas que le pertenece a los peruanos se venda tan caro y los niños mueran de frío en estas tierras?

¿Cómo aterriza el gran discurso contra el neoliberalismo? ¿Cómo establece ese vínculo entre la demanda concreta y las políticas de desarrollo?

Haciendo entender a la gente que en realidad le estás hablando de su casa, de cómo cruzar de un lado a otro de su calle, del lugar donde siembra, del aire que respira. En el centro de nuestra propuesta de país no está la economía sino el bienestar de la gente, las inversiones son solo las herramientas: no las negamos, les damos su lugar. Los últimos conflictos en Puno, relacionados con la contaminación de la cuenca del río Ramis, con la del río Suches, o las comunidades afectadas de la cuenca del río Llallimayo, y otros por el estilo, siguen latentes y activos por más de una década, en gran medida porque las actividades de minería informal e ilegal no solo continúan presentes, sino que se han incrementado, con los consiguientes impactos ambientales y sociales, sin ninguna atención por parte del Estado. Por si fuera poco, la población vive en medio de montones de basura y sin contar con un sistema integral de desagüe. La degradación ambiental es de tal magnitud que se ha detectado que habitantes de los distritos de Coata, Huata y Capachica se encuentran afectados por metales pesados y, pese a estar a orillas del lago Titicaca, se ven obligados a recibir agua de camiones cisterna que llegan una vez a la semana, porque los pozos y demás fuentes se encuentran gravemente contaminados.

¿Qué es hacer política para usted?

Ponerse en el lugar del otro. Si hubieran hecho eso con tu casa, ¿no estarías gritando con ellos?

Aunque empezaron juntas, las Ritas no han llegado hasta aquí, hasta esta fase de la contienda, a su lado. ¿Cómo fue esa aventura llamada Rita Puma?

Fue una experiencia muy potente. Crecimos de a pocos gracias al trabajo de base. Y al mecanismo de los autoconvocados. Las acciones las asumieron los actores de barrio, los comunales, estudiantiles y comerciantes, que no tenían protagonismo público pero sí estaban vinculados con sus colectivos. Nosotras fuimos uno de esos actores, las que estábamos ligadas a la educación. La indignación y el duelo por los asesinados del gobierno de Dina Boluarte –que llegó a decir «Puno no es el Perú»– y la demanda de nuevas elecciones fueron el caldo de cultivo perfecto, participamos en protestas, romerías y más tarde en los paros nacionales. Con el tiempo, logramos controlar grandes sectores de las ciudades. Gracias a nuestros aliados, nos posicionamos como comités de autodefensa como respuesta a la represión que seguía causando heridos y muertos entre el campesinado y los sectores populares. Las grandes marchas a la capital fueron desafíos organizativos en los que los comités de ollas comunes, la primera línea y otras instancias creadas desde las bases sostuvieron con firmeza el movimiento. Nos volvimos una fuerza autónoma, junto a otros cientos de organizaciones populares autoconvocadas, aunque el gobierno siguiera llamándonos terroristas. Gracias a que la asamblea Rita Puma era un espacio ligado a la educación pudimos articular con profesores de todo el país el tejido social que empujó la gran huelga magisterial, que se convirtió a su vez en la piedra de toque del proceso por venir. Pero teníamos que pasar a otra etapa.

¿Qué etapa, qué pasó entonces, cómo acaba fundando otro partido con nuevos cuadros?

El momento histórico reclamaba liderazgos marcados, incluso en un espacio tan horizontal como el de las Ritas, aunque tratáramos de obviar el tema. Mi posición fue desde el comienzo la de participar en el proyecto nacional de Asamblea Constituyente y a continuación tratar de disputar el poder desde las instituciones. Parte del grupo veía eso deshonesto con sus principios fundacionales. Las luchas internas hacían imposible avanzar.

¿No siente que las ha traicionado?

Yo insistí a las compañeras opositoras en que debían dejarnos evolucionar, porque el cuestionamiento solo traía inmovilismo y este solo esterilizaba la lucha. Pero eso nos partió en dos. Nosotras, las que ahora formamos Perú Gana, analizamos la posibilidad de participar en la incipiente asamblea, en las municipales y en las próximas elecciones generales, de cara a posibles alianzas libres de la lógica del subjetivismo, algo habitual entre los grupos de izquierda, donde primaban las descalificaciones y acusaciones.

¿Cuál era la opción de ustedes y cómo consiguieron adhesiones?

Nos independizamos, empezamos a participar en las elecciones locales, logramos varios municipios, lo que nos ha dejado en una situación privilegiada para las presidenciales. Asumimos la nueva etapa electoral con mucha fuerza. La idea de una alianza revolucionaria de izquierda creció. No era descabellado unir a lo más avanzado de los movimientos sociales representantes de las fuerzas insurgentes que habían luchado contra la dictadura y jugado un papel importante en las movilizaciones sociales de gran impacto nacional e internacional. De eso veníamos. Obligamos a la dictadura a convocar elecciones. Los campesinos, obreros, maestros, vendedores ambulantes, son los verdaderos protagonistas del cambio, pero es necesario este vehículo electoral. Así sellamos la unidad.

¿Cómo afronta la perspectiva de llegar al poder con el precedente de Pedro Castillo, un maestro rural, indígena, quechuahablante, que actualmente sigue en la cárcel acusado de corrupción y de intentar un golpe de Estado, además de haber llevado a cabo un gobierno fuertemente criticado hasta por los partidos de izquierda que lo apoyaron? Usted no es indígena pero en su campaña se ha enfatizado su autoidentificación como chola, sus orígenes andinos y migrantes. ¿No teme por usted, no teme acabar igual?

Cuando el indio vota, vota mal; cuando llega al poder, es expulsado, y cuando está en rebelión, mejor muerto que vivo. Cuando se equivoca, se le juzga con el doble de dureza; no se le investiga, se le encarcela. Si el pueblo sale a las calles, salen también los tanques. El mensaje es claro para el próximo indígena, cholo, no blanco, no oligarca, no de derecha, aspirante al poder: Atrévete y tendrás reservado tu número de presidiario. Si sales a la calle y eres indio, te masacran. Hay que romper el maleficio, la cadena de injusticias que no nos deja ni siquiera equivocarnos, participar bien o mal en las decisiones políticas que hacen la Historia. Cuando las dictaduras de Chile o Argentina desaparecieron, torturaron, asesinaron a izquierdistas de clase media, eso no hubo quien lo olvide o lo perdone, nace la canción protesta popular, llora el mundo, se exilian, se hacen homenajes, conocemos las listas con nombre y apellido de sus muertos, de sus desaparecidos, les dan flores a sus hijos y nietos en las conmemoraciones, les dedican exposiciones en todo el mundo. Para los indios desaparecidos, para sus asesinados, en cambio, las fosas comunes, la amnesia, el desafecto. Eso tiene un nombre: racismo. Los botan de sus territorios para luego obligarlos a trabajar para las minas, para la agricultura, para las empresas textiles, para el turismo, en esas mismas tierras, pagándoles miserias. Claro que tengo miedo, pero más miedo me da que sigamos bajo este régimen policial militar que se está llevando por delante a toda una generación de jóvenes, compañeras y compañeros válidos, que siga creciendo el número de presos políticos, temo que no podamos recuperar esa otra política que nos robaron, por eso salgo a disputarles la política, quiero hacer política para los márgenes.

¿Cómo ve que haya ahora mismo una mujer en el poder, un poder que usted disputa?

Hace mucho que ya no creo que una mujer en el poder pueda ser garantía de algo. Mi propio género se convirtió en el perfecto aliado de la camarilla y el uniforme. Una mano delicada decretando la muerte sin temblores de campesinos pobres. Y la presidenta de facto se atreve a llamarlos senderistas, terroristas. Sendero lleva treinta años muerto. Lo que tenemos es un pueblo haciendo legítimo uso de su derecho a defenderse para no ser masacrado por una mujer y su banda.

¿Cuál es su relación con el mundo andino y el movimiento indígena?

Más de quinientos años después, creo que el mundo ya no puede seguir siendo ancho y ajeno. El amauta José Carlos

Mariátegui nos dejó una enseñanza ineludible y que sigue siendo un faro para mí: el problema de los indígenas solo lo van a resolver los indígenas. No creas que muchas veces no dudé de mi lugar en esta lucha. Crecí escuchando que la revolución no será ni calco ni copia, sino creación heroica de los pueblos. Imagínese crecer con ese nivel de exigencia de heroísmo. Por eso volví a mis raíces, a la provincia donde nació mi abuela, a su pueblito aymara, a su pueblo luchador. Son ellos los que empezaron esta gesta. Puno quizá sea uno de los lugares con más historia de resistencia de este país, aunque no forme parte del relato de la nación. Dicen que los quechuas fueron conquistados por los españoles pero los aymaras solo fingieron ser conquistados. Túpac Amaru era quechua. Bartolina Sisa era aymara. Y todos eran descendientes de los antiguos collas del antiguo Collasuyo. Mineros ilegales y defensores del territorio. Pobres y ricos, legales y contrabandistas. Ofrendan a la Pachamama con la hoja de coca y participan del narcotráfico. Hacen flamear la wiphala pero también la bandera nacional de sus países. Hablan aymara, quechua y español. Tienen tele de plasma pero no calefacción porque todo el gas se ha vendido a las multinacionales. No quieren la contaminación de sus lagunas pero tampoco perderse la fiebre del oro. Cantan huaynos conmovedores y linchan alcaldes corruptos hasta la muerte. Los collas son contradictorios, los collas son humanos. En tiempos de multiculturalismo e interseccionalidad, cuando pareciera que por fin se habla claro del derecho indígena, de su libre determinación, de la consulta previa para el destino de sus tierras, resulta que aún no estamos ahí.

¿Qué diría que caracteriza su nueva etapa junto a Perú Gana?

En Perú Gana somos un equipo que reivindica toda esa experiencia, el dolor de nuestras abuelas, lo que aprendimos al lado de las Ritas, pero también lo que hemos trabajado a partir de ahí para plasmarlo en políticas que cambien vidas y para no corrernos del proceso político que se viene, una necesaria transición democrática. Creo firmemente en que se puede revolucionar el día a día.

¿Reniega del pasado? ¿Qué ve en el futuro?

Ya no tenemos edad para jugar a la guerra, ya vimos los terribles resultados de esas posiciones anacrónicas, ese tipo de asalto al poder solo trajo pérdidas de vidas y cárceles para quienes querían cambiar el mundo. La Historia nos está dando la razón. Ahora bien, ¿de qué sirve que esta izquierda democrática posconflicto se ponga a la altura de su responsabilidad histórica si se sigue aplastando cualquier intento de cambiar las estructuras? Si la derecha y los ultras peruanos siguen destrozando nuestra institucionalidad, dando golpes en democracia, usando a los medios y al poder judicial para bloquear a la izquierda partidista y sus gobiernos, quemándonos a uno tras otro en la hoguera política y criminalizando la protesta, que no les extrañe que el día de mañana el movimiento quechua-aymara constituya al sur del Perú algo similar a los que hizo el Ejército Zapatista de Liberación Nacional en Chiapas: transformó la realidad y el discurso sobre el derecho indígena, lo introdujo por primera vez en el debate público e impulsó nuevas prácticas políticas fuera de las lógicas del Estado-nación, estructuras propias autogestionarias hacia otra nación y sobre la base de principios anticapitalistas y contra el desarrollismo depredador del medio ambiente. Ya no la captura del poder, sino la refundación de la utopía. Anacrónica pero sobre todo tramposa es la posición de la derecha de propagar la idea de que lo que acecha es el regreso de Sendero Luminoso, vivir manipulando a la población con ese miedo o llamando senderista a todo el que protesta o resiste. No, si no canalizamos este descontento a través de la nueva política, lo que está a la vuelta de la esquina es algo mucho más parecido a un levantamiento popular de pueblos rurales e indígenas, históricamente excluidos de la participación democrática y de los «Derechos Humanos», en el proceso de construcción de un nuevo modelo de nación. Más anticapitalista que marxista. Y ese es otro camino posible. ¿Es una advertencia? Sí, es una advertencia. Y no la estoy haciendo yo. Pero soy la última esperanza del sistema.

«¿LA CANDIDATA QUE NO AMABA A LOS ANIMALES?»

Por Gabriela Wiener

En el video está ella en una habitación, aunque la cámara la sigue, recorre perturbada otras estancias de la casa, no tiene más de dieciocho años, hay restos de algo que parece droga por el suelo, las voces se tornan en gritos histéricos, es ella, descontrolada la emprende a gritos rabiosa contra el hombre que la acompaña y contra alguien más, la persona anónima que graba la escena. Todo es surrealista: en la misma casa hay un tigrillo encadenado, claramente muy lejos de su hábitat, y un pequeño perro atado ladrando enloquecido. La situación es confusa, se diría que sórdida. Los animales están más que alborotados, sobre todo el perro, que pugna por soltarse de la correa. Entonces es cuando ella toma una decisión incomprensible, censurable, atroz: coge un buen puñado de polvo blanco, aparentemente cocaína, y se lo mete al perro en la boca, el animal se revuelve, convulsiona y poco después deja de respirar.

Lo que acabo de contar es el somero resumen del espantoso, porque no hay otra palabra, video protagonizado por la candidata de Perú Gana, Atusparia, que acaba de salir a la luz y ha pulverizado sus posibilidades de llegar a la presidencia en un solo día. Las encuestas, que encabezaba a solo tres semanas de la contienda, muestran una candidatura desplomándose, a la cola de la lista de aspirantes, subiendo a primera posición el representante del oficialismo. No hay lugar a los matices pese a sus explicaciones, que no han tardado en llegar: la tónica es la del linchamiento. Gran parte de la opinión pública la ve descalificada para el cargo. Decenas de nombres de la política, el deporte, la cultura, etcétera, la llaman desde asesina, pasando por maltratadora y drogadicta, hasta insensible, fría y cruel. Quizá por la dureza de las imágenes, la condena ha sido unánime, multiplicándose los comentarios de rechazo e indignación: «Esto va más allá del espectro político al que pertenezca cada quien, debemos condenar la falta de respeto por la vida en todas sus formas», ha dicho Gael Agurto, quizá el chef más internacional del Perú, conocido por su cadena de restaurantes que subliman platos populares de carretilla como un ceviche o un ají de gallina para restaurantes caros en las grandes capitales del mundo. En la otra orilla, han sido más cautos: «Aunque son actos tremendos e injustificables, debemos ser empáticos, Atusparia tenía solo dieciocho años. No pueden cancelarla por algo que ocurrió hace tanto tiempo y en un contexto particular. Se tendrá que analizar con calma», ha declarado la política progresista Mónica Veloso, congresista de la República.

Pese a lo explícito del vídeo, los medios de comunicación del conglomerado de la prensa, que han apoyado desde el comienzo la candidatura oficialista, pasan el video varias veces al día, organizan debates en los que diversos tertulianos analizan la escena, desde psicólogos, pasando por abogados, hasta veterinarios.

¿Puede un antiguo video de maltrato animal acabar con una candidatura, hasta con una carrera política? A la hora y media de publicarse el video, Atusparia ha emitido un comunicado pidiendo disculpas a la ciudadanía por las imágenes. «Ese video no es de interés público», ha dicho categórica, justificando los hechos como «terribles errores de juventud» por encontrarse «en una situación de desprotección social y enorme vulnerabilidad»: «Fui una niña y adolescente abandonada por mi familia y por la sociedad. Durante unos años me dejé arrastrar por una pareja mayor que yo, enferma y adicta, fue él quien me introdujo en las drogas cuando era menor de edad, no tuve a quién recurrir. Fui una víctima, luché durante mucho tiempo para sanar mis adicciones. Rechazo la manipulación de los hechos, de la historia y de mis circunstancias vitales. Son evidentes las intenciones de destruirme políticamente usando una parte muy dolorosa de mi vida», se puede leer en el texto.

El padre de Atusparia se fue de la casa cuando ella tenía dieciséis años, su madre se sumió en el alcoholismo, y fue su abuela invidente, migrante de origen puneño, quien a duras penas pudo hacerse cargo de ella, explica también en su carta. El hombre que aparece en el video, aunque con el rostro pixeleado, fue su novio desde los quince hasta los dieciocho años, se dedicaba a la microcomercialización de drogas en la Resi, una antigua urbanización que con los años se convirtió en tierra de nadie y ha vivido varias metamorfosis. Hoy ya casi no queda nadie de la vecindad original, los ajustes de cuentas y asesinatos están a la orden del día y se ha convertido en la guarida de varios grupos de sicarios que cobran cupos y extorsionan a los negocios de la zona. Atusparia vivió en la Resi a fines de los ochentas y en los primeros años de los noventas, cuando ya era un espacio complicado de la ciudad, entre el gobierno de Alan García, el de la mayor crisis económica de nuestra historia, los últimos años de Sendero Luminoso y la dictadura de Alberto Fujimori, hoy condenado por crímenes de lesa humanidad.

En varias de las entrevistas concedidas a este periódico sobre su vida y su programa político, y en las que se refiere a sus planes para la seguridad ciudadana, la candidata aseguraba tener un plan para rehabilitar espacios como la Resi sin llevar a cabo un «apartheid» ni ninguna estrategia de «limpieza social»; cuestionaba la política de mano dura de su contrincante, que ha prometido juzgar a los delincuentes como terroristas. Aun así, con un discurso mucho más moderado en seguridad pero más radical en lo económico (más impuesto a la riqueza, control del extractivismo, reforma laboral, etcétera), Atusparia iba un dos por ciento por delante en las encuestas, algo que se ha revertido radicalmente en las últimas horas −especialmente en Lima, donde ya cosechaba una baja votación, y en otras ciudades del norte del país, donde roza el cero por ciento. La candidata lo atribuye a una campaña fulminante de desprestigio amañada con dinero público por parte del gobierno, para quitarla de en medio y seguir perpetuándose: «No solo quieren manchar mi honor, el objetivo principal es la imputación. Sé que la Fiscalía General prepara varias investigaciones contra mí. Me quieren callada, presa o muerta, pero no voy a darles el gusto. Hasta han reabierto una cárcel para mí, pero no pienso pisarla viva, vamos a seguir por la justicia social», finalizó.

Si por algo es peligrosa una candidata como Atusparia, mujer racializada de izquierda proderechos, es sobre todo porque encarna la lucha contra los grandes poderes políticos y económicos de este país. Ella canaliza ahora mismo las demandas del movimiento indígena, de la clase trabajadora, el profesorado, los obreros y comerciantes, y ante la posibilidad cada vez más real de su ascenso los dueños del Perú temblaron. Han intentado de todo desde que empezó a ganar seguidores. Este último operativo de demolición, hecho con la complicidad del cerco mediático, parece haber dado frutos. La quieren fuera de la política, y no es descabellado lo que denuncia: podrían ir más lejos.

ASUNCIÓN GRASS

Llega un momento en que hay que ser consecuentes con la prédica. Tengo una teoría sobre ti, tengo muchas, pero la principal es que faltaste al primer mandamiento de un revolucionario, de una revolucionaria, y es que el único criterio de verdad es la práctica.

El día que te encontré en la gresca del aeropuerto y los días posteriores, cuando te llevé a la casa de las Ritas y te invité a ser maestra en la escuela altiplánica, sentí algo poderoso, incómodo, revelador, pero lo interpreté al revés, completamente al revés. Debí haberlo leído como una señal de alarma y no como un mensaje mesiánico. Tuve que entenderlo como un síntoma de mi propio deterioro, en cambio lo sentí como un nuevo amanecer. Creí ver en ti, en esa aparición, una isla para llegar cuando descendieran las aguas. Yo, que había sostenido allá fuera la opción de la masa sobre la del caudillo, debí haberte hecho sentir como una Rita más en lugar de hacerte fantasear con Atusparia. Probablemente empecé a hacerlo ya en la época en que era tu profesora. Eras una niña tan frágil como audaz, dispuesta al encargo más kamikaze si con eso conseguías el favor y el elogio de tus tutores. Pequeña sucia y estudiosa, siempre supervisada, revirtiendo tu insignificancia, haciendo salir de tu boca los versos más tristes del mundo ante mí, tu joven maestra deslumbrada.

El día que fuiste Atusparia te vi como nunca antes, vi cómo te agarrabas a tus trenzas negras para no temblar y al hacerlo las trenzas de Micaela, de Rita Puma, de Bartolina Sisa parecían sostenerte como sogas de rescate para no dejarte caer.

Yo también me hubiera convertido en una red debajo de tus equilibrismos. Me parece verte cerrar, apretar los ojos como si entendieras profundamente las canciones rusas que tus otras maestras no te habían aún enseñado a traducir. Te veo todavía declamando los poemas más crípticos que aún yo no te había ayudado a comprender. Te veo hablando sobre revoluciones que estabas muy lejos de vivir.

Nunca vi una criatura más adicta al aplauso que tú. Cómo negarlo, en general un niño ejerce la seducción de un trozo de arcilla. Solo puedes pensar en darle forma. Y si, oh, cobra vida, entonces el brillo ufano de Dios en tus ojos al verle encarnar lo que solo era proyecto, la satisfacción de haberlo parido ya nacido, con más deseo aún que una madre. Bueno, qué es un maestro sino una sombra desde la que impartir una influencia atroz. Me refiero al modo impune en que una enseñanza dada precozmente, de la que ni siquiera tú estás completamente segura, empieza a anidar entre las conexiones neuronales de un proyecto de persona, se implanta en el imberbe campo donde se cultivará una vida, una historia, una moral. Es un plan de una belleza aterradora. Mi trabajo como educadora ha sido despertar a los educandos. Es verdad, también despertar a sus monstruos. Pero hay monstruos que deberían dormir el sueño eterno.

El paso de los años se parece cada vez más a la desesperación, Atusparia. Envejezco y lo sabes, siempre lo supiste, y estaba harta de equivocarme, quería por una vez creer que acertaba. Entonces te vi en esa calle en la que llovían las piedras; no hay lugar en el mundo que me haga sentir más en casa, más yo misma que uno en el que enfrentarme a la policía. Eso también lo sabes. Te vi sosteniendo esa bandera peruana desolada, y decidí que por fin estaba en lo cierto. Nadie puede decidir esas cosas, pero yo me lo permití. Imaginé que llevábamos juntas en esa camilla no a un hombre lastimado, sino a nuestro país herido de bala. Y sentí un infinito amor. Una maestra y su alumna manchadas con la sangre del pueblo. ¿Hay algo más conmovedor? Resumíamos una época, a mi entender, resumíamos nuestra tragedia como peruanos: la multitud borrosa, el olor a pólvora. Éramos pura metáfora. Y cuando dije ese nombre, a los segundos de haberte reconocido, vi en tu mirada todo el fuego que a mí se me estaba apagando y quise creer en ese encuentro como me había enseñado a creer Mariátegui, no con la fe que te ciega y enajena, sino con la que te moviliza y te libera. Y ya no supe dónde estaba colocando esta vez mi nueva esperanza, pero ese lugar se parecía a una mujer.

Atusparia, no me había dejado invadir por el realismo ni cuando dejé la casa de mi familia comunista ilustrada y me fui a trabajar en la fábrica, ni cuando decidí estudiar en una universidad pública, ni cuando la abandoné para irme a aprender de los cubanos y cubanas, ni cuando pensé que volvería para hacer lo mismo por mi país y no me lo permitieron. Mucho menos cuando asumí la responsabilidad de transformar la escuela para hacer de nuestros niños y niñas personas como tú. ¿Acaso iba a empezar a hacerlo ahora? No salió del todo bien y quizá el saldo final sea esta derrota, pero en cada estación del año andino transformé algo de mí misma. Enfrenté a Sendero, nunca maté a nadie y hubiera querido matar a muchos, pero sí maldije a la izquierda por haber desperdiciado nuestra sangre.

Cuando fundé Rita Puma tuve otra visión. Quizá no era consciente de que ya operaba dentro de mí el pensamiento mágico, la filosofía de los indios que llevaban años amamantándome con sus cantos y letanías. Algo que estaba en mí, que era yo, que éramos todas, me empujaba al desmontaje de lo conocido. No es fácil apartarse de la estructura de partido, de la masculinidad en el ejercicio del poder, sin embargo yo soñaba con mujerizarlo todo al lado de las Ritas. No como mi madre, que había tenido que ser un hombre más para ser una militante. Ni yo ni ninguna Rita nos haríamos jamás a imagen y semejanza del mundo que nos había gobernado. Haríamos al mundo a imagen y semejanza de nosotras mismas. No seríamos más esclavas. Y eso incluía vivir en poesía, dentro del mito e ir a la guerra. Esas fueron nuestras actas fundacionales.

Además, qué más da sumar una guerra a las otras ya activas. Estar en el campo de batalla no significa para las mujeres abandonar las luchas cotidianas, porque son parte de la misma guerra de larga duración en la que son combatientes. Nosotras las Ritas cuidamos, nos hicimos cargo de las vituallas, dimos de comer a la primera línea. Nos bastaba sentir que podíamos acompañarnos en la victoria o en la muerte. Y lo más importante: entendimos también que maternarnos entre nosotras era parte de la misión. Y que podíamos ser perfectamente felices viviendo a través de nuestras hijas políticas, sí, hijas que engendramos fornicando con la Política.

Atusparia, éramos sobre todo mujeres que habíamos migrado de alguna u otra manera, muchas descendientes de madres, padres y abuelos campesinos, migramos de territorio, de cuerpo, de identidad o de clase, como yo. Para nosotras las Ritas descubrir el camino propio de nuestro proceso libertario significaba construir un ejército de mujeres. No teníamos la victoria comprada, pero estábamos dispuestas a combatir sin tregua. Después de los aplastamientos sangrientos que había sufrido tantas veces el socialismo en América Latina, no veía y no veo ninguna posibilidad de cambio por la vía pacífica. Cuando propuse en asamblea que Rita Puma pasara a ser una organización político-militar, sentía que había llegado el momento, que ya dominábamos todas las formas de lucha: células de masas, territoriales, frentes sindicales, estudiantiles y magisteriales. Pensé que me acompañarías.

Recuerdas el galpón de nuestros encuentros, su pequeña ventana como un ojo blanco por el que el mundo a veces nos miraba amanecer. En cambio, nosotras solo veíamos ese retazo de cielo azul andino y en ese marco, colgada del fondo, una nube que llamábamos nuestra nube porque siempre era la misma; como el pájaro que vuelve para posarse en la ventana, la nube volvía. Tantas horas nos pasamos mirando de abajo hacia arriba, la única forma de mirar las cosas que se quieren. La cama era demasiado pequeña pero suficiente para acoger dos cuerpos que no querían soltarse. Podíamos prolongar el amor tanto como el discurso. En eso nos parecíamos como dos hermanas desobedientes. Nuestra autonomía, labrada en años de militancia, hacía fuerte el músculo de la espera. Por fin, al final de la noche zozobrábamos a la fiebre que nos mantenía unidas y ardiendo durante el día sin tocarnos. Jugábamos a ser otras, a escondernos en otras voces, a disimular todo lo que nos habíamos entregado en secreto. Nos habíamos impuesto escribirnos la una a la otra, a la manera de algunas poetas que admirábamos, cartas de amor desde el otro frente. Una noche yo escribía como la poeta rumana marxista Veronica Porumbacu y tú como Anna Ajmátova, la poeta rusa represaliada por el estalinismo que te gustaba tanto leer porque te recordaba a Alina, la chica muerta. Y en ese diálogo de versos ajenos intentábamos decirnos algo que no hubiera sido dicho antes. Podíamos amarnos con la premura de las jóvenes o con la calma de las viejas. No siempre la vieja era la misma. Nos llevamos casi treinta años de edad, pero hacíamos con nuestros cuerpos lo que el reloj hace con la arena. A veces el tiempo que te sobraba a ti fluía hacia mí mecánicamente; a veces el tiempo que me faltaba a mí corría en una nueva dirección y así la arena nunca caía de un solo lado. Y cada vez volvía a empezar, haciendo girar eso que se nos escapaba entre el pasado y el futuro.

Pero había noches en que estar en el amor, como tantas veces estar en la guerra, se parecía a ser madre e hija, a ser maestra y alumna, a ser lo que somos, o más bien lo que fuimos. Y yo me erigía en posición de inmensidad para sostenerte sobre mis faldas, tú, tu cuerpo desvalido que succionaba la vida y la muerte de mis pechos. Una madre ave de mármol abierta de alas penetrando a su pichona oscura sobre el río de sus aguas cruzadas. Así nos veía: una *Pietà* en esa roca que éramos juntas, un bloque donde estaba contenida toda la naturaleza, toda la cultura, todo el misterio, sus formas encerradas en la piedra.

Pero el placer de tenerte en mis brazos un día se convirtió en el dolor de sujetar tu cadáver. Esa sería la verdadera *Pietà*. Y dejamos de hablar, las expulsadas de la lengua del amo, las que solíamos susurrarnos palabras en ruso que aprendimos en otro tiempo, en otro mundo, cuando aún no se habían desmantelado las pesadísimas avenidas del triunfo, callamos la una para la otra.

¿Sabes cómo aprendí a pelear, a odiar, a amar? Leyendo. La literatura ha sido mi madre extraña, oscura, adoptiva. Te reías de mí porque me gustaba catalogar los momentos de mi vida por géneros literarios: ahora una crónica imaginada, ahora puro realismo social, mañana realismo mágico, pasado el diario de un guerrillero. A veces eran géneros inventados, otros los había leído en algún periódico, en alguna residual sección de cultura, y me habían hecho gracia. Y te decía: Pasé unos años dentro de una novela de autocienciaficción. Y reías. Después de un breve paréntesis en que mis días parecieron dignos de un ecodrama cli-fi, mi vida contigo se transformó en un thriller político indigenista soviético, con algunas pinceladas de romance paranormal.

Nunca he dejado de ser tu profesora de literatura.

Mi primera demostración de amor fue presentarte al autor a quien había dedicado mi tesis y mis días, una tesis que nunca terminé. Tu primer acto de amor fue desobedecerme recitando su único poema de amor en el patio. Al menos el único que no tolero. Nunca olvidé tu desacato. Y quizá en ese momento ya empecé a amarte, primero como se ama la inocencia, después como se ama la contradicción.

Leíste desnuda sobre nuestra cama aquella tesis incompleta en la que mostraba a Scorza como un renovador de la novela indigenista gracias a la introducción de una veta intensamente lírica, algo que se perdía entre el sueño y la forma de los mitos andinos. Después de tanta novela sobre el indígena narrada por cualquiera menos por el indígena, te conté que había aparecido este hijo mestizo de familia andina para hacer historia cambiando algo demasiado tóxico. Te di la razón cuando opinaste que quizá yo me sentía representada por su sangre mestiza y por sus ganas de hacerle justicia al indio, pero te aseguro que solo me hizo de espejo porque escribía reconociendo las batallas, las ancestrales y las del presente, las suyas y las ajenas. En sus libros aparecen por primera vez personajes reales, con sus nombres reales, dirigentes de las viejas revueltas campesinas que él había seguido muy de cerca. Nunca hizo realismo mágico, hizo realismo andino. Sus libros conseguían mostrar a los líderes indígenas como mitos. Como a Agapito Robles, a quien hace bailar después de la masacre con su poncho multicolor girando como un trompo. En una danza capaz de convertir la noche en día. Bailar hasta encender y quemar todo a su paso, como símbolo de la fuerza arrasadora de la lucha indígena. Yo quería bailar ese baile sola hasta que quise bailarlo contigo.

Insististe tantas veces en que escribiera un libro pero nunca lo hice, y mientras tanto seguí convirtiéndome en un personaje de Scorza, a la vez materialista dialéctico y a la vez máquina de soñar. No te escribí un libro pero te escribo esta carta secuestrada, mi nuncahermana, *abecedaria y pensativa*.

Después de mucho tiempo de ser testigo de las luchas populares, yo estaba dentro de una, Atusparia. Y tenía que darle otra vez la razón a Ledesma, uno de los justicieros que Scorza le había robado a la realidad para su novela cuando decía:

—A lo mejor los libros se equivocan.

Me electriza esa cita. Es una hermosa manera de decir que no siempre sirve la razón. Sí, esos libros que me enseñaron y con los que enseñé a luchar, a odiar, a amar quizá se equivocaban. Y si nos equivocamos nosotras, también a ustedes, queridos niños, los invitamos al error.

¿Y si la creación heroica de los pueblos es solo creación literaria de los hombres?

Fuiste un mal sueño revolucionario, la resaca, la pesadilla.

Llegué a creer que me había ido a vivir al lago navegable más alto del mundo solo para encontrarte por casualidad, a más de tres mil ochocientos metros sobre el nivel del mar estaba el mar dulce de los aymaras, que de tan alto parecía flotar sobre el cielo. Y estabas tú. Llegué antes pero ya me esperabas. Desde que volví a verte al lado del lago de todas las leyendas sobre el origen del mundo andino, del que salieron los fundadores del Imperio, sentí que también yo, como Mama Ocllo y Manco Cápac, emergía de esas aguas azules y frías, de su espuma, siendo otra. Llegué a dudar de mi vocación política y dentro de mí recité, como tú un día, el poema de amor en lugar del poema de la revolución.

Cuando llegué a la tierra de los aymaras no tuve a nadie para recibirme, en cambio tú me tuviste a mí. Pasé varias pruebas antes de que las campesinas por fin me invitaran a tomar con ellas los manjares del kokawi, las papitas, el chuño, las habas, la carne, las ocas con ají y chaco. Y pasaron otras tantas lunas hasta conseguir que me fueran metiendo poco a poco las hojas de coca en la boca para enseñarme a respirar y a luchar contra la altura junto a las alpacas habladoras. Cuántas veces te di respiración artificial. Cuántas veces te creyeron porque yo creía en ti.

Fuiste injusta con tanta gente, pero sobre todo con los campesinos que te abrieron las montañas y sus vidas. Los usaste como uno de tus trampolines, les arrancaste la piel con los colmillos de tu discurso y escupiste el hueso.

«Basta ya de cantar a la revolución en abstracto, ¿cuándo le van a cantar a la lucha cotidiana del pueblo? ¡Esos bellos poemas no encuentran poeta!», solía preguntarse Hugo Blanco, campesino y verdadero revolucionario, tantas veces preso. La lucha como poema. ¿Te das cuenta? Yo, a diferencia de ti, Atusparia, creo que los poemas de los pueblos son sus revoluciones. Esta historia no va a terminar con una masacre. Haré lo que sea necesario para defendernos. No voy a dejar que Dios, ese escritor indigenista, vuelva a repetir el final de todos sus finales: primavera, verano, otoño, invierno, masacre.

Para que algo cambie los libros tienen que equivocarse.

Cuando me enfrentaste, cuando diste a entender a las otras que yo tenía algo así como un lado terrorista, algo que solo es capaz de hacer un enemigo, sabías lo que hacías. Me pusiste en peligro. No fue solo desamor. Querías destruirme.

Te había demostrado todos estos años mi convicción y entrenamiento para no caer en los errores de las guerrillas pasadas. Yo tenía estudiados a los grupos armados de los ochentas y noventas en Perú y América Latina, conocía sus potencias y debilidades, sabía por qué habían sido derrotados. ¿Acaso nosotras las Ritas íbamos a repetir esa historia de dolor, esas pugnas por migajas de razón y de poder que habían llevado a un puñado de hombres a un sectarismo asesino, a masacrar a sus propios camaradas, para luego acabar en un sillón presidencial o en una celda con traje a rayas? Me cago en los fascistas, me cago en los milicos, me cago en los terrucos, me cago en ti. No, a mí no me van a encontrar leyendo el periódico, fumando cigarritos y dando órdenes desde una casa de Miraflores mientras mis compañeras ponen el cuerpo en la cordillera. Lo intenté a mi manera, también desde mis fragilidades, y eso no se paga con traición, compañera Atusparia.

Salvo por los de la revolución china, los revolucionarios del campo siempre hemos sido revolucionarios sin esperanzas. Yo fui derrotada, lo admito, pero como decía Scorza: cuando todo lo demás no funciona aún nos queda este tribunal para apelar, el gran tribunal de apelación de la literatura. Él lo había hecho de una forma extraordinaria. Conoces esa historia, ¿verdad? Claro que la conoces. Porque estuviste ahí, en el mismo infierno verde que abrazó a Nictálope.

Hace cincuenta años el dictador de turno, que por suerte era un militar de izquierdas, leyó su novela más famosa, *Redoble por rancas*, y al terminarla decidió liberar a uno de sus personajes en la vida real, Héctor Chacón, el Nictálope, un líder comunero condenado a quince años de prisión por haberse enfrentado a la abusiva minera Cerro de Pasco Corporation, responsable de cercar y aislar las tierras de su comunidad y matar de sed a las alpacas. Gracias al libro, el dictador de izquierda pudo ver al héroe de las luchas de la tierra en lugar de al criminal antidesarrollo que quería vendernos la oligarquía. El propio Scorza fue hasta la cárcel en helicóptero para darle al dirigente la noticia de su indulto y acompañar su liberación. Ambos volvieron a Lima en un helicóptero y se fueron a tomar un cafecito a Miraflores. Qué hermoso hubiera sido, ¿no? Sobrevolarte, aparecer ahí en el cielo, aterrizar sobre tu cárcel, anunciarte: Eres libre. E irnos a tomar un vino con las amigas.

Sí, en la literatura es donde se vuelve a juzgar a la historia, donde se reabre el expediente. ¿Un libro puede ser llave, abrir un calabozo? No lo sé, pero lloro solo de pensar en algo tan extraordinario. Atusparia, sé que algún día la literatura reabrirá tu caso y se hará justicia. No pierdas la fe. Yo estaría expectante.

¿Sabes, imaginas dónde conseguí respirar, dónde he estado todo este tiempo? Podrás dañarme pero nunca subestimarme. Mi casa está en la Isla de la Luna, al otro lado del lago, al norte de la península de Copacabana. ¿Sabes, recuerdas qué quiere decir lago Titicaca? Hay varias interpretaciones, pero a mí me gusta «peñón donde anduvo el gato». Hay días en que me he sentido como el titi, el gato andino, esquiva, algo erizada, con ganas de comerme algún roedor en una cueva, en lugar de tener que soportar la mirada de las otras, mis queridas

Ritas y sus hijas, impacientes por acordar el siguiente plan, por chuparme lo poco que me queda de energía.

Pero aquella vez, sentada en uno de los salientes de nuestra nueva terraza, en una tarde fría, viendo las trombas de agua golpear sin cesar las piedras incas, solo podía pensar en la llamada que acababa de hacer.

Nos costó llegar hasta aquí, encontrar una casa y alquilarla, pero lo logramos con el nombre de una de las Ritas. Tú y yo paseamos varias veces por esta isla. Te traería recuerdos estar aquí. La población en esta zona ha crecido en los últimos años, pero la Isla de la Luna sigue estando poco poblada y casi exclusivamente por los originarios, campesinos de origen quechua y aymara. ¿Sabes? El lago produce un microclima mucho más moderado que en otras zonas del altiplano, lo que lo hace muy agradable; te gustaría. Si el Titicaca Mama Qota no existiera, esto hubiera sido un páramo helado, pero en cambio no está muy lejos de ser una isla paradisíaca. A veces te imagino aquí, atrapada en este paisaje que es mi vida. Cuando me pasa y trato de que no me pase, creo ver tu pelo negro brillante agitarse como se apaga una bandera en llamas. Es, quizá ya, lo único que lamento, no verte ser feliz.

Cuando me abandonaste, nos vimos forzadas a migrar y a dejar nuestra casa. No solo me abandonaste a mí. Abandonaste a nuestras hijas. A nuestras hermanas y a nuestras madres. Las Ritas son eso para mí. Y yo sé que soy eso para ellas. Qué vas a saber tú de compañerismo. Qué vas a saber tú de hermandad. Qué vas a saber tú realmente de política.

Cuando rompiste conmigo, rompiste con Rita Puma. Cuando rompiste con Rita Puma rompiste conmigo, me rompiste. Cuando argumentaste diferencias irreconciliables, cuando anunciaste tu candidatura, me dejaste expuesta, debilitada y en la mira de nuestros enemigos. Nos dejaste al alcance de la policía, mi amor. No tuvieron ni que torturarte.

¿Fue una performance para deslindar de las radicales y conseguir el voto de centro? ¿Qué diablos te pasó? Me estoy riendo a carcajadas escribiendo esto, si me vieras. Ni embrujada podrías haberlo hecho peor. Pero qué bien te fue. Conseguiste inmunidad en tiempos de máxima criminalización vía decretos cada vez más represivos. Decidiste jugar dentro del tablero con las reglas de la misma persona que nos estaba asesinando. Las compañeras caían y siguen cayendo presas por salir a la calle, tirar una piedra o señalar al gobierno como lo que es, una dictadura. La mitad de nuestra gente tiene procesos abiertos, se han duplicado los delitos tipificados como terrorismo. Y ahí estabas tú, avanzando firme sobre nuestros cuerpos como sobre una pista de despegue hacia la meta.

En la Isla de la Luna hay ruinas incaicas, Atusparia, vestigios de que en tiempos de los incas aquí funcionó un acllahuasi, una casa para las vírgenes del sol, un templo habitado por jóvenes destinadas a ser esposas del inca, principales o secundarias, que en el mejor de los casos pasaron sus días practicando diversos oficios, como tejer o hacer chicha. Hay quienes dicen que eran niñas cuidadas por eunucos, aunque esto tiene pinta de ser uno de esos delirios occidentales. ¿No te parece este el lugar ideal para refundar el hogar de Rita Puma? Otro tipo de acllahuasi, no para elegidas sino para todas las no elegidas, ni virginales, ni privilegiadas, solo mujeres y compañeros y niñas y niños. No un acllahuasi, sino un yachayhuasi, la casa del saber, pero también democratizado —porque todos podemos considerarnos un poco descendientes de la nobleza inca—, la escuela prohibida con la que soñamos, con un sótano para escondernos. Puedo ver desde mi ventana el sol y mucho más lejos el mundo que nos desterró. Es el lugar perfecto para olvidarte. El nuevo Wancho-Lima.

Solo tuve que recordar la peor de tus historias, y mira que me habías contado muchas. A diferencia de ti, yo quería escucharte, atesoraba tus relatos, los de la niña, los de la joven, los de la mujer que habías sido sin mí. Me fascinaba el archivo documental que ibas desgajando en esos ratos entre el amor y el sueño, cuando lograba que contestaras mis preguntas y tú te extendías en detalles infinitamente gozosos por bestias, por humanos. ¿Te suena familiar? Cuando las crónicas de la adolescente parecían desdibujar a la mujer y yo empezaba a confundirlas, te pedía que pararas. Entonces volvíamos a nuestros cuerpos desconsolados, cada uno a su manera, uno por decir, otro por escuchar. No me cuentes más, te imploraba, no me cuentes más. Y nos enredábamos escurridizas por las lágrimas. Trátame con cuidado, que ya estoy mayor, bromeaba, aunque en el fondo te lo pedía de verdad.

Nunca olvidé esa escena por su brutalidad, ni todas las veces en que más que amor por ti sentí urgencia de protegerte de tí misma, compasión por esa niña que fuiste. Es probable que en este tiempo largo de tu ausencia yo también haya descendido unos cuantos escalones ya. Así que no pensaba en otra cosa. Cada día esa información me quemaba la mano. Nunca había deseado poder, nunca había tenido poder, hasta que tuve el poder de destruirte. ¿Habrá un poder más escalofriante que el poder de destruir lo amado?

Dímelo tú, experta.

Cuando finalmente me decidí, el horror de haberte perdido ya me parecía una bendición. Nadie me ha causado tanto dolor, nunca nadie me había arrebatado la realidad y el sueño a la vez. No, Atusparia, no conociste todavía mi dolor, la oscuridad de mi dolor, el peligro potencial de mi dolor.

Después de hacerlo, atravesé otra fase casi tan interesante, la muerte del dolor, cuando ya ni siquiera duele, y secretamente quieres que al menos siga doliendo para que no se acabe, para que lo amado no termine de morir. Pero ya era tarde.

El peor enemigo de una mujer no es otra mujer, mi amor, es otra mujer que no puede dormir por tu culpa.

Pensar eso me hizo dar con la clave: yo no podía ser la única mujer que no dormía por tu culpa, tenía que haber más insomnes. Entonces, yo no podía ser la única que sabía lo de Gorbachov. En algún lugar había un video. En el mismo lugar había una herida, vieja y abierta y supurante. Y esa herida era la herida de otra mujer que se creía olvidada. Yo solo tenía que encontrarla.

A ella le cayeron de sopetón tu violencia, tu desgarro. A ella no le diste una segunda oportunidad. A ella la quemaste en la pira junto a otros olvidados.

No fue difícil encontrarla. Hice una búsqueda en la página de exalumnos del Atusparia y ahí estaba. Me reconoció. Una vieja profesora siempre será de fiar. Tu amiga, por otro lado, sigue tan alocada como la recordaba, aunque nunca tanto como tú me la pintaste. Más sencillo aún fue convencerla de que tenía una misión, de que debía ser capaz de tomar esta decisión histórica y evitar así una desgracia mayor para el país. Tenemos que pararla, Pamela, le dije. Y luego está Gorbachov, ese pobre animal.

Te confieso que tenía miedo de hacerle la pregunta, miedo por estos esfuerzos inútiles tan impúdicos, que no llegaran a nada. Pero su respuesta fue sí, existe, lo había guardado todos estos años en un lugar seguro, no había vuelto a mirarlo, no sabía si se vería algo, el equipo y la cinta eran viejos, pero conocía a alguien que podía intentar digitalizarlo. Le pedí que tuviera cuidado, que estuviera en todo el proceso para evitar que cayera en las manos equivocadas. Al poco tiempo, Pamela me llamó para decirme que habían logrado rescatarlo, se veía nítido, espeluznante, dijo.

Un par de semanas después me lo envió por WeTransfer. Cuando le di al play supe que había ganado la guerra. Después de verlo tuve que meterme a la cama con dos somníferos. Solo quedaba pedirle a alguna de las Ritas que lo hiciera llegar desde una cuenta incógnita, y jaque mate a la candidata del pueblo.

Nada más te diré, Atusparia, *me aniquilo allí donde me arrodillé ante tu beso.*

LA HOZ Y EL MARTILLO

Illana, 2032

Los polacos me pillaron haciendo tonterías con la hoz y el martillo. Se rieron mucho. Mis vecinos de la urbanización son un poco de derechas, quizá muy de derechas, pero tienen un talante estupendo, nos han regalado una cachorra de su perra y hay días que nos invitan a esos deliciosos embutidos que hacen con el hígado de sus ocas y a beber del licor que preparan ellos mismos. Es tan dulce como embriagante.

En esas veladas, yo les canto canciones en ruso cuando ya me paso de los cuatro chupitos. Solo sé ruso cuando canto y solo canto en ruso cuando me emborracho. No lo hablo, no lo entiendo, solo lo canto. Sigo cantando en ruso como esas viejitas con Alzheimer que de lo único que se acuerdan es de cantar. Aún conservo el área de mi cerebro que puede hacer eso.

La primera vez los polacos alucinaron, una peruana musitando sintagmas rusos en tierras españolas, pero ya hemos tenido esa conversación. Les hablé de mi colegio «soviético», les demostré que podía escribir cualquier cosa con el alfabeto cirílico, mi antiguo nombre, por ejemplo, Атуспария, y comparamos nuestras vidas educativas detrás del Telón de Acero. Llevan dos décadas en España. No sé si sienten cierta nostalgia del Este, desde luego del comunismo no, de lo que sí estoy segura es de que odian más a Ucrania que a Rusia. Dicen que históricamente los ucranianos han sido unos hijos de puta con los polacos, y yo les creo. A veces somos los peores con nuestros amigos. Hablamos un buen rato de Putin, de sus bombas nucleares, de que va a acabar con Europa, yo brindo porque así sea, ellos se enfadan un poco, bromeamos y nos vamos de su casa muy mareados al anochecer.

Llegamos hace pocos meses a esta parcela en Illana, en Castilla-La Mancha. Era nuestra idea desde que desembarcamos en Madrid hace un año, meternos en alguna casa de campo, alejarnos más. Conseguimos esta, con una nave agrícola y una parcela suficiente para hacer un huerto y tener un par de gallinas. De pronto parecemos una pareja de campesinos de la España vacía. Es solo aparente. Siempre todo es aparente. Si mi vida fuera una partida de ajedrez, me tocaría dar rienda suelta a la defensa eslava: posiciones sólidas para las negras. Y eso hago.

Elías es madrileño, creció en Rivas-Vaciamadrid, es abogado de mi causa desde hace unos años, nos enamoramos en el proceso, dijimos que si lo lográbamos nos iríamos a España y aquí estamos, gracias al apoyo de la izquierda internacionalista. Nos hacen llegar mensualmente donaciones de todo el mundo y algunas botellas de mezcal. Estoy en trámite de asilo por razones humanitarias. En un tiempo más tendré la nacionalidad. Estoy a salvo, o eso parece, pero me lo tomo con calma. El momento en que empieza a irnos más o menos bien en la vida se parece al dichoso momento revolucionario, euforia y exhibicionismo, estallido y triunfalismo, y es cuando más cuidado hay que tener con los enemigos. Fuerzas endógenas o exógenas se agazapan en el camino para vernos caer.

La leñera está llena de herramientas agrícolas y algo de equipo para la montaña. Es el lugar más fascinante de mi nueva casa. Cuando descubrí que en ese cuartito teníamos una hoz y un martillo de verdad –no la imagen arriba y a la izquierda de las banderas rojas junto a la estrella, el símbolo de la unión de los trabajadores, campesinos y obreros pintado a brochazos rojos en las paredes ayacuchanas, sino las herramientas reales, de hierro y cobre gastados en arar la tierra y golpear el clavo–, le dije a Elías que me hiciera un vídeo gracioso. También había una tele vieja por ahí, entre todas las cosas que estamos tirando. En la primera toma, cruzo la hoz con el martillo en primer plano, en la siguiente destrozo de un buen golpe de martillazo la pantalla de la tele, suelto las armas y me voy dando la espalda. Me río sola. Bromeo con que es mi manifiesto contra las cloacas de la prensa. Bueno, así me desestreso un poco antes de hablar a la cámara. Y mejor con un chupito de mezcal, pa todo bien, pa todo mal. ¿Dónde está mi cuaderno de discursos? Ya lo tengo. Ahora sí, Elías, estoy lista, grábame.

«Queridas y queridos compatriotas, les hablo desde mi exilio, desde este alejamiento doloroso y forzoso del Perú. Cinco años estuve en la cárcel, víctima de una emboscada política. Padecí el más salvaje de los lawfares, una operación judicial para acallar un liderazgo de izquierda, para sacarme de la carrera electoral, organizado por la dictadura cívica, política y policial que sufre el Perú desde hace una década. Cuando iba a ser elegida, fui imputada por falsedades para quitarme la libertad y dañar mi honor de forma irreversible. Hurgaron en mi pasado como activista política, se valieron de documentación espuria e informas falsos, me inventaron delitos para hacer pesar sobre mí cargos de subversión y terrorismo, me detuvieron en mi casa hombres armados, me quitaron todas las garantías jurídicas y constitucionales. Pero lo más doloroso fue ver cómo lograban alejar al pueblo de mí, incitando al odio, al machismo, la homofobia y el racismo. La maquinaria política y económica, temerosa de perder sus privilegios, se puso a funcionar para eliminarme de la contienda. Fue una celada del partido de gobierno para robarnos la elección e imponer a su candidato a través de un fraude electoral alevoso que les ha servido para seguir cinco años más en el poder detrás de una fachada democrática.

»Gracias al apoyo de abogados libertarios de todo el mundo logré salir de una prisión «preventiva» ilegal de cinco años, un periodo en el que se violaron mis derechos humanos fundamentales. Que lo sepa la comunidad internacional: en el Perú hay cárceles para presos políticos. Yo estuve en una de ellas, soy libre pero ahí siguen dos centenares de compañeras y compañeros de izquierda, de los movimientos sociales, que no han tenido la misma suerte. En el Perú no hay libertad ni justicia.

»Si ahora hablo es por todos los que aún siguen en ese país soportando la persecución y la violencia dictatorial, que cambia de cara, incluso de género, pero no de método, que no muere, se transforma: por los más vulnerables, los dirigentes indígenas, las activistas en barrios populares, las dirigentes del vaso de leche y asociaciones de ollas comunes, los comerciantes y transportistas a los que no dejan trabajar, por nuestra base social, la de Perú Gana, por los maestros y maestras del Perú. Doy un paso al costado, y anuncio que no voy a participar en las próximas elecciones hasta que cesen las torturas y maltratos a nuestros compañeros de lucha. No voy a presentarme a esa farsa democrática, prefiero preservar la integridad de mis hermanas y hermanos y evitar que sigan siendo hostigados. Lamento la dictadura que vive mi país, lamento la violencia policial que intimida a nuestro pueblo.

»Temo por mi vida, pero quiero decirles que la lucha no termina acá: los humildes, los pobres, los sectores sociales no vamos a detenernos hasta encontrar justicia. Mi obligación como la candidata a presidenta que quería el pueblo peruano hace cinco años es buscar de todos los modos posibles la vuelta a una democracia real. Y lo haré reuniéndome con organismos internacionales y con los gobiernos democráticos del mundo, como el de España, que ha sido el primero en acogerme.

»Quiero dirigirme a ustedes, los dueños de la vida y de la muerte: dejen de engañar al pueblo, dejen de usar a gente pobre, al pueblo peruano, para sus prebendas. Grupos oligárquicos conspiran actualmente contra el Estado de derecho. Conocemos nuestra historia. Duele no estar ahí, duele que estemos enfrentados entre peruanos, duele sentir que no hay salida. Mi deseo es que vuelva la democracia y la paz social. Mi deseo es poder volver al Perú. Muchas gracias».

Comparto el vídeo en mis redes, hago un envío masivo desde mi mail y cierro la computadora. Hace un día precioso allá afuera, le digo a Elías. ¿Salimos a tomar el sol? ¿Jugamos una partidita de ajedrez? Él quiere quedarse a revisar un rato las reacciones pero luego me dará alcance. Yo no quiero ver nada por lo menos hasta la noche, voy a desconectar, disfrutar del día con una copa de vino y comer rico. Por suerte, la perra está dormida y podré darme un baño en paz. El agua está a la temperatura ideal. Lo mejor de una biopiscina es que no huele ni sabe a cloro, puedes abrir los ojos dentro del agua, es como nadar en el río y, con todas estas plantitas que le hemos puesto y que atraen pájaros y algunos insectos, es como si volviera a la selva, a los momentos en que fui feliz, porque también una es feliz a ratos y hasta en cautiverio, sabiendo que muere un poco más cada día.

Si hay una afición que no cultivo pero fluye de pronto incontrolable porque el algoritmo me ha ido tendiendo trampas hasta acorralarme, es ver videos de perros rescatados, puedo ver decenas de ellos, uno después del otro: «Perro abandonado en el refugio descubre el aire libre», «Cachorro abandonado en medio de la nada es salvado por un extraño», «Perra le indica a su rescatista dónde están sus cachorros»,«El tierno agradecimiento de un perro rescatado a su nueva dueña: el animal había sido abandonado en la ruta, atado con una cadena, sin agua ni comida», «Perrito llora tras ser rescatado de un matadero», «Así es como se ve un perro recién rescatado del maltrato», «Siro llegó a casa con un pánico horrible a las personas, poco a poco va confiando y dándose cuenta de que no todos somos malos», «Rescaté a un perro en la ciudad y ahora me está sonriendo», «Este perrito en situación de calle sufrió mucho pero ya encontró un hogar, la felicidad existe».

Me gustaría hacer un video así con mi perra: «La madre de esta perrita murió al parirla a ella y a sus hermanitos, por eso no pudo alimentarla, mírala ahora comiendo bien, adoptada y feliz». Obviamente, me cuidaría de no aparecer.

Antes yo era un extraño sin nombre, nadie se me acercaba, ahora soy Cheburashka y todos los perritos de la calle me dan la patita.

¿Cuándo van a perdonarme? Nadie se conforma con la verdad. Eso ya lo he aprendido. Todos quieren ver para creer. Dale un video a la gente y no te olvidarán.

Nadie amaba a los animales. Eran otras épocas. Nadie me amaba a mí.

Gorbachov, Gorbi, perestroiko.

Esto debe de ser lo que se conoce como el socialismo realmente inexistente: correr durante una hora escuchando mi lista de Música Comunista de la Unión Soviética para subirme la moral. Actividades en el destierro. Arte del exilio. El aperitivo. Hacer un análisis clasista del ajedrez y entonces jugar contra la máquina pero enfocada en hacer cosas sobre todo con el peón. El soldado raso del tablero me ayuda a pensar, a no olvidar de lo que se trata el juego de la vida. Llevar peón a c6 como cura para el ego. Leer a Benjamin. Según Benjamin, en el tablero de ajedrez pelean el proletariado contra la burguesía, pero olvidó que hay peones en los dos bandos. A ver qué pasa si pongo todas las piezas poderosas de cualquier color en un lado y todos los peones agrupados al otro, si rehago las posiciones del tablero, en un lado todas las grandes piezas enfrentadas a un ejército unido formado exclusivamente por peones negros y blancos. Blanca o negra no es la misma clase obrera. Aplastamiento. La lucha final es jaque mate al proletariado. Esa es exactamente la alineación del mundo que conocemos.

Guardo el ajedrez dentro de un cajón en el armario del estudio. Estoy en la edad en que se esconden las cosas importantes para saber dónde encontrarlas y es precisamente ahí donde se pierden. Estoy en la época en que las cosas se esconden de mí. La buena nueva en casa es que tenemos conejos, dos marrones y uno blanco, se esconden silenciosos detrás de los arbustos con esa mirada lateral.

Nadie esperaba el discurso de ayer, pero me lo debía a mí. Trato de comunicarme poco, el miedo y la paranoia serán lo último que me arranque del cuerpo; no puedo confiar en casi nadie. Sé cuántos seguidores perdí, cuántos miles se ensañaron, cuántos compañeros me vieron como un fusible quemado, cuántos me trataron como el monstruo en que querían convertirme. El video sigue circulando y expandiendo su ponzoña. La destrucción no solo es política, es moral y amarga. Las resacas son más duras que antes. Pierdo el tiempo en redes, curioseando en las vidas de viejos conocidos, por ejemplo la de Pisco. En su foto de perfil tiene cara de haber dejado las drogas, ahora es peluquero, abrió su propio salón de belleza de barrio, «Laciados Pisco», y se ha especializado en laciados con keratina. Su pareja tiene un pelo igual al mío. ¿Se habrá propuesto repoblar el mundo de mujeres lacias como yo?

También le escribo a Domingo. Haber sido mi bullying en el cole y años después mi amante por una noche nos volvió algo así como enemigos íntimos. Al menos con él no tengo que explicarme. Chateamos un poco. Está mejor que nunca. Me cuenta que el Atusparia ha vuelto a llamarse Atusparia y a funcionar como un colegio, su hijito estudia ahí la primaria. Una exalumna, un par de años mayor que nosotros, encontró el colegio quebrado y decidió asumir la deuda. Compró el local y ahora es la directora. En su oficina todavía está el óleo de Pedro Pablo Atusparia pintado por Edna Velarde. Con trenzas siempre me vi parecida a esa imagen. Al principio el cole solo tenía diez alumnos por aula, pero ya han doblado la cifra. El alumnado es diverso, podría ser el cole más inclusivo del Perú, la mitad tiene una condición, hay diferentes autismos, Asperger, esquizofrenia, niños con diversidad funcional. Muchos exalumnos están volviendo y matriculando a sus hijos. Han regresado con fuerza al ajedrez y los festivales folclóricos. Yo pego un grito: ¡El Atusparia ha vuelto a ser comunista! ¡Todo vuelve a empezar! Ni lo menciones, me dice Domingo, ya sabes que aquí solo basta con bailar huayno para que te llamen terrorista. Nos despedimos.

Es verdad, todos somos terroristas. El terruqueo es el deporte nacional. Eso nunca cambia. Hace mucho que en ese país no hay forma de ser comunista sin ser tachado de terruco, se impone el pensamiento único de la derecha sobre la guerra interna y seguimos bailando dentro de su marco. Los ganadores de la Guerra Fría decretaron para el nuevo orden internacional que toda acción armada sea juzgada como terrorismo.

USA y la OTAN tienen a luchadores sociales en sus listas de terroristas. A la gente se le atrofió la capacidad para comprender la diferencia entre un revolucionario y un asesino. Los fascistas hicieron bien su trabajo. Pero nosotros lo hicimos pésimo. Elías viene, me cambia el mezcal por el té, me saca a ver el paisaje reseco del verano en la Alcarria, me lleva lejos de mis fantasmas.

Mi perra muere de calor por estas fechas, se pasa el día sumergida en baldes llenos de agua, en charcos húmedos que excavamos para ella; vaga por la parcela agitada, con la punta de su larga lengua tocando el suelo, sucia y feliz, sacudiendo por todos lados porquería de su pelo negro y marrón. Otras veces se mete a la piscina conmigo, nada largos, se lanza sobre mí, quiere treparme con sus fuertes patas como si estuviéramos en tierra y varias veces está a punto de ahogarme.

Por la mañana, muy temprano, salgo de la cama, me pongo las botas, llego a duras penas a la taza, meo mirando el teléfono aún medio dormida y ya siento sus golpes y arañazos en la puerta; la encuentro ahí, lista para partir, moviendo ridículamente la cola, regando el suelo de gotitas amorosas, pasándome la lengua, saltándome como un obstáculo. Salimos juntas de la casa hacia el jardín.

A esta ahora del amanecer, aún bajo algo de luz lunar, brinca como un conejo gigante fuera de su madriguera. Se ve tan loca y dichosa cuando corre a mi encuentro que me sube la serotonina o alguna de esas hormonas que ya andan en horas bajas. Se me adelanta y luego vuelve a buscarme, se asegura de que la sigo, me acompaña, me espera, me sigue, me trae todas sus pelotas deshinchadas, sus juguetes de nudos, sus peluches vaciados de algodón, las escobillas, y espera que se los quite de las fauces y los lance lejos de nosotras. Corre como un bólido la desgraciada, me atropella de regreso, me muerde la basta del pantalón. El sol ya sale detrás de los pinos. Todas las mañanas son esta inesperada algarabía.

Pero hoy pasó algo horrible. La perra se metió por un agujero a la parcela de los polacos y desenterró no sé qué del jardín de los vecinos. Como no la veía, primero temí que estuviera tragando orugas procesionarias altamente tóxicas, pero no, había cruzado la cerca y cavado un hueco. De repente la vi lamer algo sobre la tierra negra y húmeda, estaba jugando con eso pero había muchas moscas, y cuando nos dimos cuenta sobre el jardín ahí estaba: una pierna de perro, la pata izquierda trasera del cadáver de la perra guardiana de los polacos, su mamá. Había un trozo de pecho peludo. Vi un ojo. Unos dientes. Su colección de ubres. Llevada por el olor, había exhumado los restos de su madre muerta hace unas semanas. Creí verla amamantándose de algo podrido.

Sé que hemos caminado sobre muertos, eso es lo que hacemos los vivos, pero esto es demasiado explícito. ¿Al ver sus partes, mi perra la habrá reconocido? ¿Su entrenado olfato funcionará también como forense? ¿En su mente de perro habrá lugar para el recuerdo de quien le enseñó algo por primera vez, *madre, maestra, cruz y madera*? ¿Supo de la repentina desaparición de su madre, le hizo falta todo este tiempo, acaso la estaba buscando, la sorprendió encontrarla así, creyó que podría hablar con sus pedazos?

He enterrado tanto en esta vida, vivos y muertos. Si muevo solo un poco la superficie de tierra, con mis pezuñas empezarán a brotar los restos. Aparecerán algunas esquirlas de mi madre, la lengua de mi abuela diciéndome ch'iqui imilla desde el barro, junto a los pedacitos de mi abuelo minero y todas las orejas de los indios insumisos me oirán escarbar. Me pondré a babear, a mordisquear con amor el cuerpo congelado de Alina y aun en sus restos seguiré olfateando el frío y sus ilusiones perdidas. Jugaré con la cabeza de Medusa como si fuera una pelota y haré un ajuar con las momias de las madres de la Resi, les pondré al lado a sus bebés antes de las drogas. Sacaré trozos enteros del muro de mi infancia, las ruinas de nuestra adolescencia demolida. Todas las inútiles cosas que hice sin llegar a descubrirme. Desenterraré mi traje de astronauta, mi osario, mi revolución secreta, y los lameré ansiosa como el lobo el tuétano de un ciervo, como mi perra buscando el sabor del mismo hueso cansado. En esa alocada orgía de las fosas, saldrán a flote todos los cuerpos baleados que vi caer cerca del lago, los que cayeron al lado de Atusparia, los ejecutados de Wancho-Lima, el cuerpo de Rita, el de Micaela. Gracias a mis uñas mordidas y negras de la mugre de la tierra, los que fueron a sus propios entierros como almas en pena verán resucitado por un segundo otra vez el sol entre las moscas. Como todos mis fetos queridos, las semillas de esperanza, los hombres y mujeres que abandoné en el camino al lado de mis sueños de cambiar el mundo. Y en esta última exhumación removeré del fondo de los gusanos a mis queridas camaradas, a las que dejé en herencia mi horrible desencanto de nosotras. Mi país entero me sonreirá desde su tumba temporal y a todos sus villanos les arrancaré el corazón para quemarlo.

Ahí donde nos enterraron sembramos jardines, crecieron flores. Las tardes dedicadas al jardín, la radio del recuerdo echa todas esas canciones de despecho. No sé si el despecho ha vuelto o busco el despecho en todo de manera inconsciente, como busco perritos rescatados. Pero aquí estoy, sembrando unos pensamientos y unas violetas con la banda sonora de las canciones de unas tipas a las que unos cretinos han dejado por otras.

Eso ya lo cantaba hace mil años y mucho mejor Violeta Parra: «Para olvidarme de ti voy a cosechar la tierra, en ella espero encontrar remedio para mi pena». O «las flores de mi jardín van a ser mis enfermeras». No se bajaba la guardia, pero las penas de amor dolían y era ingenuo pensar que el dolor podía esconderse con fanfarronería. Eran otros tiempos, se podía ser cruel con sutileza, hasta con ternura: «Tendré lista la corona para cuando en mí te mueras» o «De la flor de la amapola seré su mejor amiga, la pondré bajo la almohada para dormirme tranquila». Desde hace un tiempo, todo es una pelea de barrio.

Es curioso que con el paso del tiempo el cuerpo deje poco a poco de hablar el lenguaje del deseo y empiece a monologar sobre la decadencia.

Hago un agujero con el puño, escarbando con fuerza, y meto dentro el sustrato y unas cuantas semillas hasta el fondo, aprieto con los dedos hasta dejarlas fijas y riego. Hoy he sembrado unas nomeolvides. Me gustan, además de por su nombre suplicante, por ser pequeñas y modestas, de pétalos azules y centro amarillento, son como pequeños cielos alrededor del sol. Los especialistas en flores de Bach las usan para tratar la impaciencia. Dicen que son flores para acompañar a los muertos y consolar a los vivos. Es la flor del amor eterno, es la flor de la ficción. Esto ya casi está listo. Como insinúa la canción, cuanto más crece mi jardín más tranquilo queda mi corazón. Pero un corazón tranquilo jamás cambiará el mundo.

Pasamos los mejores años de nuestra vida cantando a la promesa de marchar juntos hasta ver florecer la luz de un rojo amanecer, con fuego y con valor. Pero nadie más vendrá. La traición política es una traición amorosa. No veremos amanecer. La traición amorosa es una traición política. Por eso estoy despechada.

Hace unas semanas puse esta mesa frente a la ventana para entretenerme mientras escribo viendo la danza del riego artificial, el sol de agosto ocultándose detrás de las parcelas y dejando una estela color pastel, como de fuego enjabonado. Al fondo del valle, el agua dibuja formas en el aire al ritmo de una música secreta, marcial, como un himno. En esta campiña soy ya un personaje anacrónico, y estos, mis molinos de viento. Ningún manual de la mafia o de la revolución recomienda sentarse dándole la espalda a la puerta, pero es que necesito mirar para fuera, tomar eso invariable del paisaje.

Esta tarde tengo que contestar una entrevista sobre la nueva escalada de violencia policial en Perú para *El País*, espero que esta vez la historia pueda llegar a más gente. Me siento, no sé, entusiasta. Estuve toda la mañana jugando con la perra por esos caminos serpenteantes de tierra seca que acaban en el río. Encinos, enebros y varios tipos de pinos bordean el curso del Tajo. Es increíble lo lejos que puede llegar el mismo río sin cambiar de nombre. No vi a la familia de cabras de las cuevas, aún no entiendo la lógica de sus apariciones y desapariciones. Tampoco me quedé más para no ser carroña de mosquitos. Me di un buen baño, y este botellín está tan frío que me está sabiendo a gloria. Empieza a darme hambre. Pero Elías no tardará mucho más con la compra de Estremera. Qué bueno que dejé la puerta abierta, de rato en rato me llega algo de brisa refrescante. Más tarde alimentaré a los conejos.

No oí nada, solo un golpe seco, penetrante, y algo caliente resbalando por detrás de mis orejas. Entonces, el último y más feroz dolor, un ardor cósmico, como fuego abierto contra mis pensamientos. Mi asesino me había clavado en la cabeza una de las herramientas de alpinismo que guardábamos en la leñera, aún me dio tiempo de palpar la forma del piolet incrustado. Caminé algunos pasos tambaleándome con el arma aún pinchada no en mi masa encefálica, sino en eso que si uno muere queda en los demás. Alcancé a levantar el puño de la mano izquierda hasta caer como cae una persona, sin metáforas, hasta el colapso final de mi cuerpo. Creí oír cómo salían de mi boca los chillidos más aterradores, como de animales escapando.

POSDATA

Atusparia, solo una posdata a mi carta anterior.

Sé que te incomodan mis palabras porque pasaron a los hechos, fueron coherentes con lo que proclamaban, a diferencia de las tuyas, tan vanas e inconsecuentes. Te fuiste diciendo que nos separaron las contradicciones internas, que fueron nuestras rencillas las que cavaron nuestras tumbas. Según tú nos suicidamos políticamente, pero lo pensabas porque fuiste incapaz de vislumbrar la derrota mientras te sucedía.

Las Ritas debíamos habernos convertido hace varios años, más o menos cuando llegaste, en una organización político militar, clandestina y de combate. El derecho internacional recoge el derecho a la rebelión, también armada, como un derecho de los pueblos que sufren dictaduras, opresión y violencia de Estado. Lo impediste con todas tus fuerzas, lo aplazaste con todas tus mañas, pero solo por un tiempo.

Por fin estamos viviendo el dichoso momento revolucionario. Con el pueblo levantado en el sur y las rondas, transitamos de la autodefensa a la milicia y de ahí a las células militares en comandos. Nuestro objetivo político es dar una respuesta justiciera y de escarmiento a una fuerza abusiva, enfrentar al terrorismo de Estado, a un gobierno dictatorial salido de las elecciones, asesino del pueblo. Tomar partido hasta mancharnos. Pero, por suerte, no somos las únicas organizadas, somos una llama encendida de muchas en un solo fuego.

Quisieron hablar otra vez del enemigo interno, pero el enemigo interno siempre somos las otras, las que quieren desaparecer; quisieron acabar con toda militancia capaz de generar lucha y organización, para que nunca más pudiera surgir resistencia de parte de nuestros colectivos sociales y políticos, para así continuar ejerciendo la miseria planificada. Pero no lo consiguieron. Aquí estamos.

Se incorporó una buena cantidad de compañeros a nuestra célula, evolucionamos naturalmente hacia la milicia mixta. Ese es el feminismo que practico ahora. Desde entonces hemos llevado a cabo algunas acciones guerrilleras que hemos reivindicado, primero simbólicas y ahora cada vez más contundentes y espectaculares. Pero jamás iríamos contra nuestro propio pueblo, nunca contra objetivos civiles, nunca respondiendo con fuego a las palabras. Tenemos una nueva cita con la lucha de clases. Nuestro plan es transitar a mediano plazo de lo militar a lo político comunitarista. Las nuevas generaciones ya no necesitan de guías y liderazgos, sino de autonomía. Somos maestras y maestros represaliados, campesinos y trabajadores históricamente explotados por el Estado peruano. Y desde la trinchera sur andina, quechua y aymara, queremos expresar, sin exclusiones, la continuidad de la lucha de la resistencia indígena en la lucha revolucionaria del presente.

Como ves, las condiciones subjetivas y objetivas están dadas para la insurgencia. Como dijo Marcos, no para la toma del poder sino para algo mucho más difícil: un mundo nuevo. Y para que ese mundo sea nuevo nos faltan guerrilleras y nos sobran estrellas del rock. No hace falta matar policías y políticos, pero si vienen por nosotras nos vamos a defender. Putin acaba de usar armas nucleares. Estados Unidos prepara las suyas. Occidente, sacúdete en tu cripta. El mundo es una pelea de ricos, una superproducción de Hollywood. Pero ya no seremos los extras, los cholos baratos, la carga tibia y humeante para su cañón. Si triunfamos, transformaremos la sociedad, si somos derrotados nos espera la muerte o la cárcel. Está escrito.

Quería despedirme de ti. Y por si en el más allá te creíste las patrañas de nuestros enemigos: yo no te maté, nosotras no te asesinamos.

Íbamos a vivir toda la vida juntas.
Íbamos a morir toda la muerte juntas.
Adiós.

En una revolución se triunfa o se muere, Atusparia.
Te escribo desde la cárcel que conociste.
Hasta la victoria, siempre.

AGRADECIMIENTOS

Gracias a Raúl Wiener, Elsi Bravo y Elisa Wiener por el romanticismo. A todas mis compañeras atusparianas por confiarme su memoria. A Pedro Escribano, Dunia Espinoza, Carmen Olivas y Nélida Céspedes por ser maestros en el Perú. Por su enorme ayuda para la escritura de este libro, a Vanadis Phumpiu, Dunia Grass, Nicolás G. Botero, a mi amika kokorita Claudia Ulloa y al aymara del sur, Paulo Vilca. A todos los poetas y revolucionarios que me prestaron sus palabras. A Claudia Apablaza, Marcela Rodríguez, Amelia Santana y Andrea Aldana, mis Ritas. A Coco, Amaru, Toki y Nico, bebés por siempre. A Sudakasa, por salvarme. A Jaime Rodríguez Z., por quedarse conmigo.

Playlist *Atusparia*